U0020741

藍學堂

學習·奇趣·輕鬆讀

Say it better!

全新修訂版

世界公民文化中心／著

戒掉爛英文 1

60堂課
換成老外英文腦

精準英文提升溝通力

邱文仁

在人力銀行的職缺裡，有將近 50% 的白領工作，需要用到基本的英文；不只如此，有高達 9 成的高階工作，不但需要用到英文，而且需要擁有更佳的英文能力。英文在職場中的重要性，是許多人已經知道的事實，但是，上班族除了挑戰能「基本應用英語」之外，如果可以用得更精準，會顯示個人程度之高低及贏得工作上更高的評價。更重要的是，在商業的溝通上，也會減少溝通的誤解以避免損失。

所以，上班族除了要克服能說、敢說的挑戰之外，在遣詞用字上的一些錯誤，也應該經由稍微的「注意」，而應用得更加精準。相信這番努力，對工作會大有幫助。

英語溝通上常犯的小錯誤，往往來自於文法時態使用時的不注意，或受到母語干擾造成的奇怪用法！或是，某些英語用法，本來就必須要學過，才可能會使用的當地用法。這些常見的小錯誤雖然可以理解，但如果是在商業溝通談判的環境中誤用了，就可能造成雙方的誤解，而造成或大或小的商業損失。所以，上班族有意識的修正和學習，讓自己的英文更精準，仍然是必要的努力。幸好，對於已經有一定英語程度的人來說，修正這些小錯誤，其實一點也不困難！

《戒掉爛英文 1》這本書，就是用分門別類的方法，有系統地歸類

一般人常犯的英語使用錯誤。其實，稍微讀過後，就讓我感到「必要」且十分興奮！因為這種淺顯卻有效的方法，可以指導讀者在使用英文時，能夠有意識地留意其中的小細節，快速改正錯誤，大幅提升英文使用的正確度，即使是對英文不差的我，也是大有幫助。

建議讀者可以按部就班地閱讀並復習，相信絕對能讓你的英語程度，從 60 分躍升為 80 分以上！能更精準地使用英文，不但對自己的能力評價會變高、讓自己更有自信外，相信對未來的工作，也必定會大有幫助的！

（本文作者為職場專家）

道地英文是模仿出來的

黃志靖

　　我從小在教會長大，因為常有外籍宣教士派駐，所以我比其他同齡孩子更早接觸到外國人。對小時候的我而言，充滿新奇的異國文化總是令人嚮往，而且教會裡外國小朋友的玩具都比較新、比較炫，為了融入他們的生活圈，一起享用玩具，只能硬著頭皮說英文，跟他們搏感情。這是我學習英文的初體驗。

　　在我小時候的年代，雙語幼稚園還未盛行，也沒有上過任何英文課程，為了接觸外國小朋友，只能透過模仿他們的語言和腔調來學英文。雖然學習的過程中，總有許多錯誤的嘗試，但這種直接溝通的好處是，可以立刻糾正我在文法或發音上不標準的地方，也讓我很快就能與他們打成一片。

　　《戒掉爛英文1》我覺得就是一本這樣概念下寫出來的書，台灣人的英文不夠道地，就是因為受到中文母語影響，以及對外國用字、說法不夠熟悉。如果有一個道地的外籍老師在我講完每一句英文，就幫我做一次檢查，看犯了哪些錯誤，如何改正，英文能力當然是突飛猛進。

　　在學習外文上，很難不被自己的母語所干擾。在經常與外國人接觸的情況下，我不但可以觀察到美國人常用的習慣用字、表達句型，最重要的是了解他們說話的邏輯和思維，很多時候只要觀念調整一下，英文

就變得容易理解，而且深刻地記在腦海中，這樣的思維必須仰賴經常練習所培養出來的語感。

所以我讀「莎士比亞」時，會運用情境來留住優美句子的印象，然後在平常對話中注入優雅的文法；或者租一片經典老片，把中文字幕關掉，只聽原文，透過熟悉的劇情和肢體動作，幫助進入情境，去聽懂劇中人的對話，看懂其中的語意。

而且英文最重要的就是要能和不同母語的人溝通，因為常和外國人相處，所以我努力去模仿不同的英文腔調。比如美東和美西，同一個句子，語調還是有差異，而有些用語，紐約人和加州人的說法也不一樣。

本書透過 4 個階段共 60 堂課，把一些最主要、集大成的常犯錯誤和學習英文該具備的思維，透過每一個小章節輕鬆不費力的傳達給大家。從消除母語干擾到學習道地英語，可以循序漸進，也可以任選一節閱讀。最重要的是讀完本書，未來在使用英文時，就會更多一分警覺，也更多一分精確。

〔本文作者為創集團（Group TRON）共同創辦人〕

「戒掉爛英文」是世界公民文化中心和《商業周刊》合作的專欄部落格。

曾經有不少部落格的網友向我們反應:「哇!簡直就是在講我。我真的也會這樣講英文。」這些錯誤之所以真實,是因為每一個錯誤都是教學過程中實際發生的案例,由老師一一記錄學生常犯的錯誤,再想辦法讓他講對。經年累月,就形成了一個龐大的「台灣人錯誤英語」資料庫。

錯誤的種類很多,再加以系統化整頓這個資料庫,我們發現就其成因而言,可以分成 3 類:

1. 慣性錯誤(habit-based mistake)

基本上是大腦管不住嘴巴,只用簡單時態,既沒有過去式,也沒有完成式。像:

- I am an engineer before...(was,有了 was 就不必用 before 了)
- When I graduate from National Taiwan University...(graduated)
- I work for the company for two years...(have worked)

第三人稱沒有加 "s":

- It work.(works)
- She study Chinese.(studies)

另外，像單複數的用法，例如用到 he / she 之類，也許知道規則，講的時候還是免不了犯錯。想避免這類錯誤，方法不在讀更多文章或單字，而在改變自己的習慣，例如講話慢一點，就有時間想到底要用哪一個字；寫英文 email 不要寫完再改，想辦法第一時間就寫對。

2. 規則性錯誤（rule-based mistake）

　　字用錯了或文法錯了，或受中文影響所以講錯了。例如：

（×）I usually play with friends on weekends.

（週末我經常和朋友玩在一起。）

（○）I usually hang out with friends on weekends.

這是中英概念混雜，大人和朋友「玩」不用 play，小孩才 play。

（×）I'll send you to your company.（我送你到公司。）

（○）I'll take you to your office.

這裡的「送」真正的含意是帶某人到某處。

（×）I will discuss with my boss.（我會和老闆討論。）

（○）I will discuss it with my boss.

discuss 是一個及物動詞，後面要接一個受詞。

（×）Repeat again, please.

（○）Say it again, please.

repeat 就有重複的意思，不需再用 again 了。

規則性錯誤要修正很容易，因為你原來不知道，有人告訴你，你就知道了。

3. 文化性錯誤（culture-based mistake）

這 3 類錯誤中，以文化性錯誤最難治，什麼是文化性錯誤？文法上沒錯，老外卻不會這麼說。例如，有人面試或簡報結束的時候，就來一句講 That's all. 或 That's it. / That's about it. / That's all I have to say.

雖然在中文，這幾句話的意思是簡單表達「我說完了」，可是在英文裡，卻是「沒有什麼可以說的了」，有負面的意思。結束時只要說 Thank you. 就可以了。

另外，我們發現很多人的英文裡夾很多的 very。very good / very beautiful / very delicious / very funny / very tired / very poor / very hungry 等，有時甚至會 very very 好幾個疊在一起加強語氣。

我們經常用這麼多的 very 而不自覺，聽在老外耳裡，會覺得很有趣：怎麼這麼誇張啊！在不知不覺中，英文就會造成一個誇張的印象。

知道錯誤的成因，就不難對症下藥，找出好的策略，就能夠講對的英文。

Chapter 1　破除母語干擾

Chapter 2　字選對了，英文就準了

Chapter 4　英語道地的配方

破除
母語干擾

「我等一下再和你聯絡。」把這句講成英文，很多人會直接說：

I will contact with you later.

看起來好像沒錯，其實錯了。正確說法是 I will contact you. 因為 contact 的意思就是「與……聯絡」。「那個字是什麼意思？」也有很多人會說成：

What is the meaning for the word?

為什麼不更簡單點：What does the word mean?「意思」在中文裡是名詞，在英文可以是動詞。講英文的時候，我們的中文干擾一再出現，常常犯了一些不自覺的錯誤。因為不自覺，所以無從自我調整。

讀完這一章，你就把「錯誤的自覺」植入思維，「對的英文」，從這裡發芽！

10組最容易
傻傻分不清的動詞

你説對了嗎？
The landlord _____ my rent.
1. rose　2. raised

在世界公民文化中心的教學方法中，最受歡迎的一個方法，叫
"debug"，幫學生找出最容易出錯的英文死角。

過程中，我們發現，英文最容易出現 bug 的地方，就是動詞。英文的變
化大部分都在動詞：時態、假設語氣、疑問、否定、被動等。所以英文
難就難在動詞，可以說搞定動詞，英文就搞定一大半。

會用錯的動詞，經常都是簡單的動詞。例如：我「借你」100 元，和我
「向你借」100 元，在中文都用「借」這個字，在英文，前者用 lend、
後者用 borrow。

以下 10 組是最容易被中文意思干擾的動詞：

① see / watch / look

see 常用作看電影、看戲，可能聚精會神地看，也可能沒特別注意地看。
watch 也可用作看電影、看戲、看電視比賽，是很注意地觀看，還有在旁

觀看之意，如：Are you going to play or only watch?。look 是注視，也就是盯著看的意思。

> I saw her chatting with her colleagues.（我看到她和同事聊天。）
> I watched them eating.（我看著他們吃。）
> What are you looking at?（你在看什麼？）

❷ sit / seat

sit 是坐下，指坐下這個動作。seat 當及物動詞時是作**容納**講。seat 如果表示就座時要用 be seated。

> They were seated at their desks.（他們已經就座。）
> They sat in a ring.（他們圍成一圈坐。）

❸ borrow / lend / keep

借入用 borrow，借出用 lend，但這兩個字都是瞬間動詞，不能用於長時間的動作，所以我能借多久應用 keep。

> How long can I keep this book?（我能借這本書多久？）

❹ fit / suit

fit 與 suit 均可作**合適**講，但英文中卻用在不同的地方。fit 用於尺寸大小的合適，而 suit 則多用於顏色、式樣的合適。

> That shirt didn't fit Mary.（那件襯衫尺寸不適合瑪麗。）
> Blue color suits John.（藍色蠻適合約翰。）

❺ take / bring / fetch

英文中「拿」有三種含義：拿來、拿去、去取然後回來（即來回程）。所以拿來、帶來是 bring，拿去帶走是 take，而去取回來是 fetch。

Don't forget to bring your notes next time.（下次別忘了帶筆記。）

I'll take you to the hospital.（我帶你去醫院。）

David, fetch your drink yourself.（大衛，自己去拿飲料。）

❻ shut / close

shut 與 close 有時是可以互換的，有時不可。在正式場合多用 close，而在命令、態度粗暴的場合則用 shut。如：Shut your mouth!（閉嘴！）又如：Shut up. 在指鐵路、公路交通關閉或停止使用的場合，則要用 close。

Business is not good. He'll have to shut the shop.（生意不好，他打算結束營業。）→ 可與 close 代替。

I have to close my account at the bank.（我必須關掉我的銀行帳戶。）→不能與 shut 代替。

❼ answer / reply

answer 作為回答是及物動詞，如當不及物動詞，則意義不同。如 answer for，意為向某人或向某事負責。而 reply 當「回答」講是不及物動詞，後跟受詞時，要加上 to。

Who answered the telephone?（誰接的電話？）

She did not reply to our proposal.（她沒有回應我們的建議。）

⑧ lay（放）／lie（躺）／lie（說謊）

如果你已經被三個字糾纏很久，這次一定要搞定它。

人把東西放在某處，用 lay，變化型為：laid, laid, laying。

Please lay the package on the table.（請將包裹放在桌上。）

東西自己躺在那裡用 lie，變化型為：lay, lain, lying。

His hat and gloves were lying on the table.（他的帽子和手套放在桌上。）

說謊則是 lie，變化型為：lied, lied, lying。

He lied about his age.（他謊報年齡。）

⑨ rise / raise

rise 解作**上升**，是東西自己往上升，像太陽升起、大樓高聳等升起。是不及物動詞，其過去式是 rose，過去分詞是 risen。

The stock market rose by 5% last week.（股市上週漲了 5%。）

raise 解作**提升**，是某人將某物往上提，像加薪、籌資等。是及物動詞，是規則動詞。

The landlord raised my rent.（房東漲我的房租。）

⑩ hear / listen to

hear 用於無意中的聽見，而 listen to 卻用於集中注意力聽。

I heard him say so.（我聽到他這麼說。）

She is listening to the radio.（她正在聽廣播。）

最常錯的 4 個動詞

你說對了嗎？
For more information, please _____ your local agent.
1. contact with　2. contact

請看這 4 個表面上看來沒有關係的動詞：discuss、contact、approach 和 lack。

這 4 個動詞其實沒什麼關係，但是這裡把它們擺在一塊，是因為它們同屬老中最容易犯錯的英文，而且這種錯經常是不自覺的錯。英文中有許多這樣的動詞，這裡只是以這 4 個為代表。我們先看看怎麼個錯法。

❶ discuss

She discussed about the balance sheet with her boss. (×)
She discussed the balance sheet with her boss. (○)
（她和老闆討論她的資產負債表。）

❷ contact

For more information, please contact with your local agent. (×)
For more information, please contact your local agent. (○)
（索取更多資訊，請洽當地代理商。）

③ approach

He's approaching to 50.（×）

He's approaching 50.（○）

（他快 50 歲了。）

④ lack

He's good at his job but he seems to lack of confidence.（×）

He's good at his job but he seems to lack confidence.（○）

（他的工作能力不錯，但似乎缺乏信心。）

有沒有注意到，這 4 個都是及物動詞，當動詞時不必再接介系詞。但我們為什麼會搞錯呢？因為它們以名詞形式出現時，discussion、contact、approach 和 lack 則都必須先接介系詞，再接受詞。例如：

We had a <u>discussion about</u> our future plans last night.

（我們昨晚討論了我們未來的計畫。）

He tried in vain to <u>get into contact with</u> the local branch.

（他試著與當地分部聯繫，但一直未成功。）

All <u>approaches to the city</u> were blocked.

（所有到城裡的路都被封鎖了。）

Her decision seems to show <u>a lack of</u> political judgment.

（從她做的決定就看出她似乎缺乏政治判斷力。）

10個經典的中翻英錯誤

你說對了嗎？
「您先請。」
1. You go first.　2. After you.

一位學生去澳洲，在吃飯時聊到很多東西方不同的食物，說到 bean curd（豆腐），主人一頭霧水，原來澳洲人把豆腐直說成 tofu（豆腐，來自日語）。

講英文時會犯錯，很多時候是受制於我們的母語思維，像把「基礎建設」直接聯想成 "basic construction"，有一個字直接就對應「基礎建設」——infrastructure。而「淡季」應該是slack seasons，而不是light seasons；又比如：「淡茶」（weak tea）、「淡水」（fresh water）等。

一起來看看會讓老外丈二金剛摸不著頭腦的經典錯誤句：

❶ remember forever

永遠記住你 I remember you forever，沒有人能活到 forever，應該改成 **always remember you**。

② WC

在英、美，廁所不是 WC，WC 代表的是 water closet（水箱）。在某個時代，台灣人都認為廁所的英文是 WC，但是你問老美或老英 "Where is the WC?" 肯定沒有人聽得懂，要講廁所請用 **men's room / women's room / restroom / powder room** 等。

③ trousers

不要再用 trousers 來說一般常穿的「褲子」了，而是 **pants / slacks / jeans**。

④ so-so

馬馬虎虎最好用 **average / fair / all right / not too bad / OK**，老外較少使用 so-so。

⑤ delicious

形容東西好吃除了 delicious，可以多用 **yummy / nice / tasty / appetizing** 等。

⑥ pay attention to the steps

公共場合的用語，「小心台階」不要說 "pay attention to the steps"，要用 **mind the steps**。

❼ I am painful

我覺得很痛不是 I am painful，而應該是 **I feel pain**。painful 表示「使人痛苦的，讓人疼痛或討厭的」，它的主詞往往不是人，而是事物，如 The lessons are painful.（教訓是慘痛的。）等。I am painful，會讓人誤以為你全身帶電或渾身長刺，別人碰了你就會疼。

❽ Hi

在飛機上打招呼一般使用 **Hello**，而不是 Hi，如果對方名字剛好是 Jack 的話，就成劫機分子了：Hi, Jack! 聽起來就是 Hijack。

❾ Guest Stop

在一些商業場合的門上常會看到「賓客止步／ Guest Stop」。這種寫法在語法上雖然講得通，但是在英語國家是不可能出現的。因為讓客人 Stop 不禮貌，會令人家無法接受。通常的說法是 **Staff Only**。

❿ You go first

出電梯門的時候，為了表示謙讓，通常會說，「您先請」或者「您先走」。直譯成了 You go first，這句話聽起來像命令，包含有指揮別人行動的意思。更有禮貌的表達方式應該是 **After you**，意思是我在您後面走。

SECTION
04

9個容易落入的英文陷阱

你說對了嗎？
Seeing these pictures ＿＿＿＿＿ my own childhood.
1. made me remember　2. reminded me of

英文的陷阱多半來自於中文思考，一個字、一個字照著翻。要不落入陷阱最好的方法，就是不斷地在陷阱裡打滾，或者讓曾經被陷阱困住的人告訴你，哪些是陷阱，以下是常見的例子：

❶ 他很驚訝地看著老闆。

陷阱 He looked at the boss and **felt surprised**.
正解 He looked at the boss **in surprise**.

❷ 請用英文寫下一段你對這份工作的期待。

陷阱 Please **use English to write** a paragraph about your expectation from this job.
正解 Please **write a paragraph in English** about your expectation from this job.

❸ 我讀過很多你的作品，但沒料到你這麼年輕。

陷阱 __I have read__ a lot of your books but I didn't think you could be so young.

正解 __After having read__ a lot of your books, I expected that you would be older.

❹ 這些畫讓我回憶起我的童年。

陷阱 The sight of these pictures __made me remember__ my own childhood.

正解 Seeing these pictures __reminded me__ of my own childhood.

❺ 別理她。

陷阱 Don't pay attention to her.

正解 Leave her alone.

❻ 我在大學裡學到了許多知識。

陷阱 I __get a lot of knowledge__ in the university.

正解 I __learned a lot__ in university.

❼ 她正在讀書。

陷阱 She is reading a book.

正解 She is reading.

8 走快點，不然我們會遲到的。

陷阱 Please **hurry to walk** or we'll be late.

正解 Please **hurry up** or we'll be late.

9 她因嫉妒而生氣。

陷阱 She was so jealous that she **became** angry.

正解 Jealousy **drove** her to anger.

其實道地的英文很簡單，用中文字一一照翻出來的英文，文法常出錯且句子反而複雜。改掉這個習慣，你的英文水平將更上一層樓！

SECTION 05

8個最容易唸錯的日常單字

你説對了嗎？
orient 應該唸成
1.［o-rent］　2.［orɪənt］

下面這些字看似簡單，可能是你每天都在用的，但你真的說對了嗎？就算是一個音節、一個子音之差，意義卻可能是天差地遠，甚至是查無此字。現在就讓我們來抓出這些發音的小 bug。

❶ business 商業

你一定很奇怪，這個字那麼簡單怎麼可能會錯。這個字是從 busy（忙碌）演化來的，變成名詞之後，i 不發音，唸法是［ˋbɪz nɪs］，不要讀成［ˋbɪzɪnɪs］。

❷ library 圖書館／ February 2 月

這個字的第一個捲舌音常會被忽略，而變成［ˋlaɪˏbərɪ］。要特別注意 b 後方的 r 不可省略，/bra/ 的音要發出來，應該唸成［ˋlaɪˏbrɛrɪ］。February 這個字也是一樣，應該是［ˋfɛbruˏɛrɪ］而不是［ˋfɛbərɪ］。

❸ access 進入、入口

這個字的第一個 c 對應的 /k/ 也常被忽略。它應該唸成 [ˋæksɛs] 而不是 [ˋæsɛs]。注意：重音在第一個音節，同樣的錯誤也經常發生在 accept，唸法是 [əkˋsɛpt]，不是 [əˋsɛpt]。

❹ economy 經濟／ economic 經濟的

這兩個字同源，但不同詞性，重音也不一樣。名詞 economy 重音在第二音節 [ɪˋkɑnəmɪ]；形容詞 economic 或者名詞 economics（經濟學）重音在 no，唸成 [͵ikəˋnɑmɪk] 或 [͵ikəˋnɑmɪks]。

❺ native 天生的

很多人說，希望自己的英文和老外一樣好，speak like a native speaker，native 這個字常發錯，聽起來像 negative（負面的）。native 的唸法是 [ˋnetɪv]，母音是長音，而且沒有 g 的音，不是 negative [ˋnɛɡətɪv]。

❻ orient 確定方向、熟悉

這個字常常會被唸成只剩兩個音節：[o-rent]，聽的人會以為你在說一個人名 "Orent"。這個字的正確唸法應該是 [orɪənt]。

❼ vehicle 車輛

這個字的 h 不發音。你應該也會發現，當你在發 /ve/ 的這個音的時候，嘴型處在扁平又是非送氣的狀態，要接著發 /h/ 這個音的話是很吃力的，所以這個字應該唸成 [viɪkl] 而不是 [vihɪkl]。

❽ old-fashioned 退流行的

台灣學生在說 old-fashioned 這類的複合形容詞時，常會忽略 ed 的尾音。它應該唸成 [ˌoldˋfæʃənd] 而不是 [ˌoldˋfæʃən]。如果你只說 old fashion，別人會以為你說的是名詞，最容易聯想到的就是「古老、古典系」的商品。

最容易唸錯的 10個英文字

你唸對了嗎？
purchase（購買）發音:
1. pur-CHASE　2. PUR-chus
（大寫是重音，小寫是輕音。）

這些字發音與一般規則不同，出錯機率高。光是自己唸錯也不打緊，在公司裡很容易以訛傳訛，所以有時候你會發現，同公司的人幾乎都唸得一樣錯。

以下是為各位歸納的最容易唸錯的 10 個英文字。有些人英文其實不錯，但因為把太簡單的字講錯，讓人誤以為你的英文程度不佳，實在很冤枉。

❶ deputy

deputy［`dɛpjətɪ］副手：dePU-ty（×）；DE-pu-ty（○）

重音在第一音節，這個字是副手或代理人的意思。副處長的英文要說成 deputy director。

❷ purpose

purpose［`pɝpəs］目的：PUR-pose（×）；PUR-pas（○）

第二音節一定不是中文的「剖」，要讀低和輕的 pas，這個 pas 的發音是介於 pus 和 pas 的。

❸ executive

executive［ɪg`zɛkjʊtɪv］主管：eg-ze-KU-tive（×）；eg-ZE-ku-tive（○）

CEO（執行長）中間那個 E 就是這個字，意思是主管。很多人常把這個字唸得和 execution（執行、死刑）很近。

❹ certificate

certificate［sə`tɪfəkɪt］證明：cer-TIF-fi-kay-t（×）；cer-TIF-fi-kit（○）

最末一音節很多人讀成重重的 Kay，應該是低和輕，近乎 kit。

❺ receipt

receipt［rɪ`sit］收據：re-SEEPT（×）；re-SEET（○）

p 不發音，還有像 half 的 l、debt 的 b、doubt 的 b 也都不發音。

❻ purchase

purchase［`pɝtʃəs］購買：pur-CHASE（×）；PUR-chus（○）

重音在前音節，後半音節低和輕，不要唸成 chase。

❼ mechanism

mechanism［`mɛkəˌnɪzəm］機制：

重音在第一音節。很類似的 maintenance［`mentəˌnəns］重音也在第一音節。

❽ colleague

colleague［`kɑlig］同事：

注意尾音是［g］發音，這個字常與 college 混淆了，也有人會把 gue 發成［gju］。

❾ pizza

pizza［`pitsə］披薩：

因為 z 會讓人直接聯想成 z 發音，這是義大利字，z 要發成 ts 的聲音。

❿ etiquette

etiquette［`ɛtɪkɛt］禮儀：

這個字意思是禮儀，商業禮儀英文就是 business etiquette。這個字是法文，quette 發音是 ket，比較特別。

最容易唸錯的 12個英文名字

你唸對了嗎？
Greenwich 正確發音：
1. [ɡrɪn wɪdʒ]　2. [ɡrɪnɪdʒ]

自己的名字唸錯就算了，還把老外的名字唸錯，真是一件很糗的事。以下是老外認為最常被唸錯的名字。

請先唸唸看以下的名字，然後再核對答案：

Richard、Howard、Joan、Sophia、Beckham、Leonard、Leon、Greenwich、Ronald、Monica、Justin、Thomas。

❶ Richard

是錯誤排行第一名。很多人看到 ar 就想當然耳，這個字唸 [ˋrɪ-tʃard]。Richard 正確發音是 [ˋrɪtʃəd]，ar 在非重讀音節裡讀 [ə]。就像：grammar、dollar、beggar、collar、popular 一樣。

❷ Howard

不讀 HOW-word，要讀 [ˋhauəd]。中文成「霍華」，譯錯了，所以也唸錯了，它比較接近豪爾。

❸ Joan

這個字要唸成［dʒon］，很多人唸成另一個名字 Joanne［dʒoˋæn］。

❹ Sophia

很多想當然耳是蘇菲雅，這個字唸［səˋfia］而不是［ˋsofia］（Sophie 的重音才是在前面）。

❺ Beckham

中文說成貝克漢，那個 h 其實不發音，英文讀［ˋbɛkəm］。

❻ Leonard

這個名字唸錯率很高，奇怪的是，被糾正了的人還常常懷疑，它的唸法是［ˋlɛnəd］。

❼ Leon

《終極追殺令》（*Léon: The Professional*）中的男主角 Leon 這個名字重音很容易被唸在第二音節，但它的重音應該在第一音節［ˋlian］。

❽ Greenwich

中文譯成「格林威治」是錯的，要讀成［ˋgrɪnɪdʒ］或［ˋgrɪnɪɪtʃ］，其中 w 不發音。

9 Ronald

發音是 [ˋrɑnld]，O 發 A 的音，A 發 O 的音，容易搞混。

10 Monica

這個字的重音在第一個音節，唸成 [ˋmɑnɪkə]。

11 Justin

Justin 是男生，重音在前面，但 Justine 是女生，重音在後面。

12 Thomas

它看似很簡單，但常聽到有人看到 th 就堅持要發 [θ]，但它應該是 [ˋtɑməs]。

SECTION 08 最簡單的句子 最容易錯

你說對了嗎？

A: Why won't he come?

1. B: For he is ill.　2. B: Because he is ill.

光是揪出錯誤，英文不一定會進步，更重要的是，想辦法讓自己不再犯同樣類型的錯誤，才是英文進步的關鍵。日常生活對話中常見的問句，看起來很簡單，其實這麼多年來，你講得可能一直是錯誤的英文。

❶ meaning / mean

What's your meaning?（你是什麼意思？）

→ What **do you mean**?

Mean 是動詞，直接用 What do you mean 即可。

❷ accurate / exact

What is her accurate age?（她確切年齡是多少？）

→ What is her **exact** age?

年齡不適合用正確或精確來形容，而是用 exact，著重在質與量方面的準確。

❸ for / because

A: Why won't he come? B: For he is ill.

（A：他為什麼不來？ B：因為生病。）

→ A: Why won't he come? B: **Because** he is ill.

回答 why 提出的問題，用 because 回答，而不能用 since、for、as 等。

❹ supplement / fill in

He didn't give me any details. Could you supplement?

（他沒有給我任何詳細資料。你可以補充嗎？）

→ He didn't give me any details. Could you **fill me in**?

fill someone in 是告訴某個人一些事情（詳情、消息等），讓對方可以了解情況。例如：你本來要開會，後來沒去，就可以請有參加會議的同事 "fill you in"。

老外票選 10大常見英文錯誤

這句話哪裡錯了？
I went to the park to PLAY with my friends.

你有沒有發現自己講的英文裡有很多的 "very"？

very good / very beautiful / very delicious / very funny / very tired / very poor / very hungry 等，甚至有時會 very very 好幾個疊在一起加強語氣。

我們經常用這麼多的 very 而不自覺，聽在老外耳裡，覺得很有趣：怎麼這麼誇張啊！在不知不覺中，誇張的英文造就一個誇張的印象。

在世界公民文化中心每季教學會議腦力激盪時，來自各國各行業的外籍顧問，寫下他們認為中文人士最容易犯的錯，過度誇張的語言 very 是排行榜第一名，老外公認這是台灣人說英文時最明顯特色。以下是表決以後選出的 10 大錯誤，看看自己有沒有這些錯，有就打一個勾，看看你有幾個勾：

☐ Excessive use of the word "very".（很愛用 very，讓人有誇張感覺。）

☐ He / she, his / her confusions.（男女性別不分。）

☐ Excessive use of "superlative" words such as "delicious" and "beautiful".（喜歡用 delicious、beautiful 這等「最高級」含義字眼。）

☐ The tendency to use too many adjectives to add color to written work rather than varying verb and noun usage which tends to be more effective in English composition.（用太多虛的形容詞，用太少動詞。）

☐ Closure of any and every speech or statement with the words "That's all".（講話結束了，就用 "That's all"。）

☐ Unnecessary objects –"The children were playing A GAME."; "He is reading A BOOK." ; "I was singing A SONG.". "Please repeat AGAIN."（贅字太多，read 就是讀書了，不必再加 book；repeat 已經是重複，不必再 again。）

☐ The bizarre belief held by some students that American English is worthy of attention.（覺得英語一定要「美式」才安心。）

☐ I went to the park to PLAY with my friends.（中英概念混雜，大人和朋友玩不用 play。）

☐ I was absent because I sent my friend to the hospital, instead of,... took my friend to the hospital.（中英概念混雜，送人去醫院不用 send。）

☐ We have done it last week. –We did it last lesson, or, We have done it.（沒有延續性的行為，不必用完成式。）

指得出問題，就能解決問題，brainstorm 一下，會找出很有意思的 solution。

long time no see
是英文嗎？

這句不能這麼說，那要怎麼說呢？

（×）My English is very poor.

（×）I will join a test tomorrow.

有一次一名學員問他的外籍老師：「英文裡到底有沒有 long time no see 這樣的說法？」那個老外剛好是一名語言學專家，似笑非笑地想了一下，才說：no and yes!（以前不是，現在是）。

中國在世界的影響力越來越大，中式語法造成的 Chinglish，有創意的部分甚至可能列入標準英語，像 long time no see（好久不見）這個片語已列入牛津字典。當然，進入英文詞典並不等於被母語為英語的人廣泛使用。我問過很多老外，他們說在家鄉從未聽過 long time no see，也不知道 WC（廁所）是什麼。

台灣人應該慶幸，母語是中文，英文也還有一定水準。從國際化或文化的角度看 Chinglish，有點意思。但如果可以輕鬆一點就講對英文，也是何樂而不為？來看華人最常犯的中式英文錯誤。

❶ 我的英文不好。

（×）My English is very poor.
（○）My English is pretty basic.

形容語言不夠好，不要用 poor，用 basic 即可。

Please forgive me if I make any errors. My English is pretty basic.
（如果有任何錯誤，請多包涵，我只會簡單英文。）

其他說法還有：

My English isn't very good.（我的英文不太好。）
My English is weak.（我英文不好。）
My English is pretty limited.（我懂的英文非常有限。）

❷ 謝謝你寶貴的意見。

（×）Thanks for your precious suggestions.
（○）Thanks for your helpful suggestion.

precious suggestion 不自然，如果你要形容某個人的建議很實用，英文用 helpful。

I look forward to trying it. Thanks for your helpful suggestions!
（我立刻試試。謝謝你寶貴的意見！）

❸ 參加考試

（×）join a test

（○）take an exam

參加考試可以用 take a test。加入一項計畫、一家公司或俱樂部等才用
join。

Jeff: What have you been doing all weekend?

（傑夫：這星期你在做什麼？）

Lee: Studying. I'll take the accounting exam next week.

（李：我都在唸書。下週我要參加會計考試。）

此外，華人有時會過度使用 really 表達「真的嗎？」really 有一點「原
來如此」的味道，也就是和原先想的不一樣。當別人告訴你：I have
missed my bus three times this week. 可以用 Have you? 來表達「真的
嗎？」的意思，也表達對話繼續下去的興趣。

英文溝通的「虛」與「實」

以下空格該填上什麼字呢？

At the end of the _____ 最終、總的來說

With all _____ respect 恕我直言、冒昧地説、我並不想冒犯

It's not _____ science 顯而易見的、常見的

每種語言都一樣，有「實」也有「虛」。「虛」指的是有些句子或片語沒太大意思，不說也沒什麼大不了，但只要是 native speaker 的溝通，就會不斷地出現這些元素，中文不也是一樣，「我就說吧……」、「信不信……」「恕我冒昧」這些虛話不是傳達訊息，而是製造情境，以下美語也有異曲同工之妙，各位看看吧！

❶ at the end of the day 最終、總的來說

Sure, we missed our best player. But at the end of the day, we just didn't play well enough to win the game.（我們最好的選手不能上場，但是最終來說，還是因為我們表現不好，所以無法贏得比賽。）

❷ fairly unique 相當獨特

I am looking for a fairly unique piece of technology.
（我在尋找一種獨特的技術。）

❸ I personally 我個人

I personally don't like her.
（我不喜歡她。）

這個片語其實不用也可以，因為大部分想法都是個人意見。

❹ with all due respect 恕我直言、冒昧地說、我並不想冒犯

With all due respect, I think there are some facts you have not considered.
（恕我直言，我想你忽略了一些事實。）

❺ absolutely 絕對

It is absolutely impossible.
（絕對不可能。）

❻ shouldn't of 不應該

I shouldn't have had the beer!
（我不該喝啤酒！）

這個片語等於 shouldn't have，意為「不應該」，語法不正確，但是在口頭表達中經常使用。

❼ it's not rocket science 顯而易見的、常見的

We're talking basic common sense here – it's not rocket science.
（我們說的是常識，又不是什麼了不起的學問。）

另一種說法是 it doesn't take a rocket scientist。

CHAPTER

2

字選對了，
英文就準了

這件外套有 3 個 size。這句話英文怎麼說？

很多人第一個反應會說：The jacket has 3 sizes. 然後想想又覺得不對，似乎不合邏輯。改成：

There are 3 sizes for the jacket. 想想又覺得不妥。

老外可能會說：The jacket **comes in** 3 sizes.

「哎呀！我怎麼就選不到這個字呢？」你可能會這麼問。

答案就在這一章。我們問過很多經理人，學英文多好才叫作好，最多的答案是：
「精準表達。」

字選對了，英文就準了。

問歐巴馬
「你是誰」?!

差一字就差十萬八千里,誰配誰呢?
on a cloud　　心不在焉
in the clouds　如在雲端
under a cloud　愁雲慘霧

英文一字之差,經常謬以千里。

網路上盛傳一則笑話,有某國官員用錯了一個 who 和 how,意思差了好遠,也鬧了大笑話:

The official was given some basic English conversation training before he visits Washington and meets President Barrack Obama.
(官員在訪問華府會見歐巴馬總統前,先做了基礎英語談話訓練。)

The instructor told the official, "when you shake hand with President Obama, please say 'how are you.' Then Mr. Obama should say, 'I am fine, and you?' Now, you should say 'me too.' Afterwards we, translators, will do the work for you."
(翻譯人員告訴官員,當你與歐巴馬總統握手時,請說「你好嗎?」歐巴馬會回答「我很好,你呢?」這時你必須回答「我也是。」接下來就是我們翻譯人員的事了。)

It looks quite simple, but the truth is...
(看起來很簡單,但實際情況卻是⋯⋯)

When the official met Obama, he mistakenly said "who are you?"
(Instead of "How are you?")
（當官員會見歐巴馬時，他誤說成「你是誰?」）（作者註：who are you，他把 who 和 how 誤用了。）

Mr. Obama was a bit shocked but still managed to react with humor: "Well, I'm Michelle's husband, ha-ha..."
（歐巴馬有點驚訝，但仍幽默以對：「我是蜜雪兒的老公，哈哈……」）（作者註：蜜雪兒是歐巴馬的太太。）

Then the official replied "me too, ha-ha..."
（官員回答：「我也是，哈哈……」）

Then there was a long silence in the meeting room...
（然後，會議室裡長長一陣沉默……。）

這則網路笑話的真實性有待考據，但這個笑話，正是很多英文差一字就差千萬里的例子。

以下來看看一字之差，謬以千里的英文範例。

❶ on a cloud

on a cloud 是**很高興**的意思，高興得走路輕飄飄，好像走在雲端。

I've been on a cloud all day long. I heard this morning that I'd be promoted next month.
（我今天一天都很高興，因為早上聽說，我下個月會升官。）

❷ under a cloud

under a cloud 是負面的意思，under a cloud 在雲底下的人高興不起來，因為 under a cloud 是**丟臉、被人懷疑**的意思。

See that man sitting at the table by himself? He's supposed to be a very smart lawyer, but he's been under a cloud ever since he was mixed up in a scandal.（看見桌子邊獨自坐著的人了嗎？他本來是一個很能幹的律師，但是自從他涉入公司醜聞以來，就一直被人懷疑。）

❸ in the clouds

每個人都有 day dream（做白日夢）的時候。一邊走路，一邊想心事，完全沒注意到身邊發生什麼事。老外管它叫：in the clouds。

in the clouds 可以解釋為：**心不在焉**，absent-minded。

I was really embarrassed at the meeting – the boss asked me a question and I didn't even hear him; I was daydreaming and my head was in the clouds.（在會議中我真是非常難堪。老闆問我問題，我根本沒有聽見；我剛好在做白日夢，心不在焉。）

失之毫釐，差之千里。就算在英文中，這個成語也是一點不假。

是你有問題，
還是你的腦袋有問題？

你説對了嗎？
You are such a film _____.
1. geek　2. nerd

「有一次做完簡報後，我問現場外國客戶有沒有問題，隨口說出："Do you have problems?" 看到老外臉上狐疑了一下，才會過意；這句話應該要問成："Do you have questions?"」

問別人「有沒有 problem」，相當於問他：你的腦袋有沒有問題啊！

很糗吧！這是一個學生的真實故事。英文裡有很多「差一點點」的字，在中文裡差別很大。以「問題」來說，上課提問的問題是 question，出了麻煩的問題卻是 problem，我今天遲到的「原因」是 reason，但是這場意外的「原因」卻是 cause。其實都藏在字的「血統」裡，我們一起來看幾對分道揚鑣的兄弟！

❶ duty vs. responsibility →責任？

duty 來自於 due 和 debt，有「相欠」的意思。duty 常牽扯到法律上的義務，像免稅店就是 duty-free shop，保衛國家和繳交所得稅，也都是一國公民的 duty。既然是必須做的事，一個人在工作上的職責，當然也就是他的 duty。

responsibility 則是指 the ability to respond「能夠回應的能力」。 這種「責任」，常屬於自發性的，不需要他人的督導。例如：照顧小孩是每位父母的「責任」，這裡最好是用 responsibility，如果用 duty，就變成一種被迫的例行公事，感受不到那種自發的親子間互動。

❷ reply vs. response → 回應、回覆？

reply 指的是回應的動作本身，response 則是回覆的內容。我們會說 thank you for your reply，感謝對方的回覆（指動作）；如果用 thank you for your response，就不只是動作，還說到了內容。通常是特殊、不同一般的內容，才會用到 response。此外，如果要對某件事做回應，英文會說 make a response，除了指回覆的動作之外，還有指回應的內容。

❸ poisonous vs. toxic → 有毒的？

poisonous 來自於 poison，表示本質上有毒，或是本身會產生毒液的事物。這個字有時帶有負面意味，例如：the poisonous atmosphere of the conference room（會議室裡的氣氛很不好）。

toxic 是被汙染的，像 toxic waste 就是有毒的工業廢棄物。toxic 的「毒」，還帶有一種致命的吸引力，像小甜甜布蘭妮的〈Toxic〉裡面就唱到：I'm addicted to you, don't know that you're toxic?（我對你著迷，你難道不知道你是致命的毒藥？）如果把 toxic 改成 poisonous，就會變成在說對方很糟糕，意思會完全偏掉。

❹ nerd vs. geek →怪咖?

nerd 和 geek 都常用來取笑別人是呆子、怪咖。nerd 是書呆子,喜歡鑽研,不善社交的人,例如:Wearing those big glasses makes you look nerdy.(戴著那副大眼鏡讓你看起來像書呆子。) nerd 最大的特色就是聰明,但不善交際。

geek 是大家口中的怪咖,現在常用來指那些電腦能力超強、有特別愛好如卡漫或特別影集的人,例如:You are such a film geek.(你真是個電影迷。)

怎麼用英文
幫人「加油」?

你說對了嗎?
The _____ season is from April to June every year.
1. light   2. slack

在講中文的地方,遇到比賽的時候,最常聽到的口號就是「加油」。「加油」用中文說出來節奏感十足,但換成英文,該怎麼說?

「加油」的確很難從英文找到對應詞。在運動場上,老外會直接對著加油的對象說:"Come on, you can do it!",或者 "Come on, go!"。純視當時的情況而定。你也可能聽到 "go, go, go" 這樣的說法,這也是表示「加油」。還有一個字 "cheer" 也可以作加油解。cheer 原意是歡呼,拍拍別人的肩膀,說 "cheer up",是叫人振作一點,加油!"Who do you cheer for?",則是問你支持哪一隊。

有人將 "way to go" 譯為「加油」。 是有那麼一點意思,但 way to go 的用法要注意,比賽的過程中是不用 "way to go" 的;當比賽結束時,你要鼓勵參與比賽者的時候,就可以說 "way to go",中文可以譯成「幹得好」、「打得不錯喲」。"way to go" 是有鼓勵意味的,因此也不限於只用在運動場上,看到別人表現很好的時候,都可以這麼說。

其他類似的詞,還包括 well done、good job 等。除了加油以外,也還有很多找不到「門當戶對」翻譯的字眼,我們來看看以下幾個句子:

1 每年 4 月到 6 月都是生意淡季。

（×）The light season is from April to June every year.

（○）**The slack season is from April to June every year.**

「淡」在英語中有幾種說法，像 light 就用來表示 light wine（濃度低的酒）、light cigarette（淡菸）等。但是，淡茶就要用 weak tea 來表達了。而淡季當然不用 light season，而是 slack season 或是 low season；相對旺季的英文就是 high season 了。英文裡這種字和字之間的配對有一定的規則，沒有什麼道理，這就是所謂的 collocation。

2 這可是件大事啊！

（×）This is a big thing!

（○）**This is important! 或 This is an important issue!**

大事在中文的意義上指的是大事情、重要的事情，英文上其實只要用「important」就可以清楚表達了。當然，也可以用「big issue」來表示。若你用「big thing」，則會讓人誤以為你在說一個體積大的東西。

3 這個東西擺哪裡？

（×）Where do you put this?

（○）**Where does this go?**

這個句子在職場上、生活上常用到。要問這個東西原本應該放在哪裡，我們直覺會想到 "Where do you put this?"，這真的是中文思維下的產物，但是老美會說 "Where does this go?"。

❹ 適當保持低調是維護良好公眾形象的竅門。

（✗）To keep an adequately low tone is a tip to maintain good
public impression.

（○）**To be adequately low-keyed is a tip to maintain good public
impression.**

tone 指的是「音調」或「語氣」。如："The boss always speaks in a high
tone."（老闆總是拉高嗓門說話。）"He spoke in a tone of command."
（他以命令的口吻說話。）而「低調」是「不張揚」的意思，應用 low-
keyed 或 low-key，或者 low profile 都是。

❺ 這是個口誤。

（✗）It is an oral mistake!

（○）**It is a slip of the tongue!**

一談到「誤」容易想到「mistake」，這是中文的直覺。所以「口誤」，
你會說 oral mistake。這麼說，外國人當然也聽得懂，但是就不道地
了。「口誤」其實是 slip of the tongue（舌頭滑了一下），表示不小心說
出來了，說錯了！

15 痛錯地方了！

你說對了嗎？

It is _____ to sell cigarettes to teenagers.

1. unlawful　　2. against law

Lisa was painful when her boyfriend left her.

（莉莎在男朋友離開的時候很痛苦。）

上面這句話是錯的，錯在哪裡呢？ painful 這個字意思是「令人感到痛苦的」，所以只能說某個東西是 painful，像 a painful experience、a painful process。若說成莉莎是 painful，會讓人誤以為莉莎這個人令人感到痛苦，意思完全不對了。

以 "ful" 結尾的形容詞，意思簡單，但經常被濫用。像 painful, wasteful, hopeful, cheerful, shameful, unlawful 等，因為 ful 前的那個字 pain / waste / shame 讓人太理所當然以為 painful 是痛苦的、wasteful 是浪費的、shameful 是丟臉。意思沒差太多，但它們都不是用來形容「人」。

避免錯誤的最好方法是，再犯錯一次，然後有人糾正你。現在，想想看下面的字詞，英文你會怎麼說：

「他非常浪費。」

「你的計畫很有希望會得獎。」

「這裡的工作氣氛很歡樂。」

「犯了這個錯，我覺得很丟臉。」

「提供未成年人菸草是不合法的。」

來對對答案吧！下次要這麼說才對：

❶ 你的計畫很有希望會得獎。

（×）Your project looks very hopeful to win the prize.

（○）Your project has a **pretty good shot** at winning the prize.

hopeful 通常搭配的主詞為「人」或虛主詞。第一句也可以改成 I'm hopeful that your project will win the prize.

❷ 這裡的工作氣氛很歡樂。

（×）The atmosphere here is cheerful.

（○）We have a **lively atmosphere** here.

cheerful 通常也是放在名詞前方，例如：He has a cheerful outlook on life.

❸ 犯了這個錯，我覺得很丟臉。

（×）I am shameful to make such a mistake.

（○）I **feel ashamed** to make such a mistake.

相同的，shameful 也比較常放在名詞前，例如：There is no excuse for such shameful behavior.

❹ 提供未成年人菸草是不合法的。

（ ✕ ）It is unlawful to sell cigarettes to teenagers.

（ ○ ）It is against law to sell cigarettes to teenagers.

unlawful 其實是一個很少見的形容詞，但當我們用中文思考時，竟然就說出了這個形容詞。在口語中，最直接明瞭的方式就是 against law。

弄清楚以後，下次就不會把人當成「東西」來形容囉！

16 揪出英文中的 一字之差

你說對了嗎？
She suspected him _____ taking her money.
1. of　2. for

日常生活中常見的一些用語，錯誤經常只是一字之差；這一字之差，卻可以讓你的英文不再鬧笑話，甚至完全講錯意思。

❶ less / low

The amount of radiation from cell phones is less compared to microwaves.

（手機幅射量比微波爐少。）

→ The amount of radiation from cell phones is **low** compared to microwaves.

幅射量的多少，英文用 high 或 low。

❷ after / in

He will be here after 10 minutes.（他 10 分鐘之後會到。）

→ He will be here **in** 10 minutes.

當你要表達在一段時間內某個動作可以完成時，一定要用 in，而不能用 after，因為 after 是指在某一時間之後，after 10 minutes 是指 10 分鐘以後的任何時間，20 分鐘、30 分鐘都有可能。例如：This work will be done in two days. 即表明在兩天內這個工作一定會做完；如果用了 after，即表示在兩天之後，完成的時間是不確定的。

❸ mistake / mistaken

This is where you mistake.（這就是你弄錯的地方。）

→ This is where **you are mistaken**.

mistaken 是形容詞，意思是「錯誤的」。

❹ congratulation / congratulations

Congratulation! You have passed the test at long last.

（恭喜，你已經通過這項考試。）

→ **Congratulations**! You have passed the test at long last.

很多人會問為什麼祝賀要加 "S"，以複數形式呈現？在英文裡，有些抽象名詞會以複數形式用來表示強調，像 congratulations、regards、respects、thanks、wishes、apologies、pities、kindnesses 等。

❺ suspect for / suspect of

She suspected him for taking her money.（她懷疑他拿走她的錢。）

→ She **suspected him of** taking her money.

suspect sb of (doing) sth ＝ 猜測某人做某事，其中用介詞 of，不用 for。

如：We suspect him of telling lies.（我們懷疑他說謊。）

17 你「很」會說英文嗎？

你說對了嗎？

在台灣，陳是一個很普遍的姓。

Chen is a _____ name in Taiwan.

1. common　2. popular

在中文裡，「很」這個字可以用在各種不同的對象、情境或是狀態中，但是英文卻不是這樣。一些看起來好像沒有問題的句子，其實卻完全是錯誤的用法。

❶ popular / common

Chen is a popular name in Taiwan.

（在台灣，陳是一個很普遍的姓。）

→ Chen is a **common** name in Taiwan.

popular 是「受歡迎的」；指普遍的、一般的，用 common。

❷ very popular / well liked

Tom was a very popular person among the staff.

（湯姆在員工中很受歡迎。）

→ Tom **was well liked** among the staff.

原句又用 person 又有 staff，贅字多。

❸ easily to / easily

Reckless people are easily to make trouble.
（魯莽的人很容易惹麻煩。）

→ Reckless people **make trouble easily**.

easily 形容動詞片語 make trouble，放在片語後面。

❹ hard / unlikely

People who avoid responsibilities are hard to succeed.
（推卸責任的人很難成功。）

→ People who avoid responsibilities are **unlikely to succeed**.

hard 用來形容人的時候，多半指人很刻苦、嚴苛。hard 用來指困難，主詞多用事，常見的是 it is hard...。

❺ headache / a headache

I have got headache.（我頭很痛。）

→ I have got **a headache**.

頭痛居然是可數的？這是英文裡的抽象名詞具體化，比如：have a cold、have a good knowledge of、have a good time、get a hold of。原來 cold、knowledge、time、hold 都是不可數，但如果指某一次具體情況，就視為可數。

你有「聽」懂嗎?

你說對了嗎?

I am _____ my key.

1. finding　2. looking for

中文的「聽」,想起來很簡單,但我常聽到這類錯誤:

❶ listen to / believe

別聽他們說的,沒這回事。

Don't listen to what they said. Nothing of the sort.(ㄨ)

Don't believe them. Nothing of the sort.(○)

中文雖然講「聽」,英文卻不能用 listen to,因為 listen to 指「聽」的動作,但你真正的意思是「別聽」,不是不讓他「聽」,而是勸告他「不要聽信」。

❷ hear / listen

經常搞混的還有 hear 和 listen。

listen 和 hear 都是「聽」的意思。listen 多數時候強調「聽」的動作,聚精會神地聽。hear 常強調「聽」的結果,應該說成「聽到」。

舉例來說：

Listened, but heard nothing.（我聽了，但什麼也聽不見。）

Listen to me, please! I'm going to give you an update on the project.（請聽我說，我要告訴你專案最新狀況。）

It's too noisy here. I can't hear you.

（這裡太吵，我聽不見你說話。）

hear 後面如果接子句，常常表示「聽說」。

I heard the company is downsizing.（我聽說那家公司在縮編中。）

我想加強英文的聽力。

I'd like to improve my hearing ability.（×）

I'd like to improve my listening comprehension.（○）

這裡的「聽力」，一定是專心聽之下，能不能聽懂的能力；如果耳朵聽不到聲音，聽力有問題，才會說：I have a hearing problem。

❸ look for / find

過程和結果混淆，類似的錯誤，還有 look for（找）和 find（找到）。

鑰匙掉了，正在找鑰匙：

I am finding my key.（×）

I am looking for my key.（○）

look for 是「尋找」，強調動作，是一種過程。find 是「找到」，強調結果，找到就找到，沒有「正在找到」，所以 find 沒有進行式。

我到處找了，但就是找不到它。

I looked for it everywhere but I could not find it.

還有一個接近的動詞片語叫 find out 是指「查明真相，弄清緣由」，強調經過費時、周折、調查到最後得到確認的結果。如：

最後我們找到他們公司在哪裡。

At last we found out where their company was.

你「歡迎」對了嗎？

你說對了嗎？

Welcome _____ our company!

1. you to　2. to

welcome 是最常出現的英文字，也是最常錯的一個字，更糟的是，錯了經常也不知道。看看底下兩個例子：

一位市長在歡送外賓的宴會上熱情地說

We welcome you to visit us next year.（×）→ 錯了嗎？

中國有一個機場站出口處貼著

Welcome you to visit...（×）→ 錯在哪裡？

welcome 這個看起來很簡單的字，甚至是英文很好的人都會犯錯。市長「歡迎」錯了。這是一個典型的中式英語。這句話外國人會以為市長要去美國接他們。

只有在客人到達後才能用動詞 welcome。 "Welcome to my home!"（歡迎到我家！）客人到你家，並且你也在家才用，你不在家就不要這麼說。

「歡迎你們明年再來」的「歡迎」並不是真正意義上的 welcome（歡迎活動），而是一種邀請和希望，因為動作還未發生，所以用 hope 代替。

英語中沒有 "welcome somebody to do something" 的用法，「歡迎某人做某事」，要用 hope、wish 外，也可以用形容詞性的 welcome。

We welcome you to visit us next year.（×）

這句話可以改為：

We hope you can come to our city next year.（○）或
You are welcome to our city again next year.（○）或
Please feel free to visit us next time.（○）

究竟要如何用對 welcome 呢？以下提供 4 種用法：

❶ 作動詞表示熱情接待的動作，如歡迎、款待、愉快接受等

They welcomed us warmly and showed us to our rooms.
（他們熱情地歡迎我們，並帶我們到我們住的房間。）

❷ 作名詞意思為歡迎、迎接、歡迎辭等

The company gave us a warm welcome.
（那家公司熱烈歡迎我們。）

❸ 作形容詞表示受歡迎的、被允許的、儘管

"a welcome guest"（受歡迎的客人）

You are welcome to (use) my telephone.（我的電話你儘管用。）

甘霖叫作 a welcome rain。a most welcome suggestion 是極受歡迎的建議。

❹ 作感嘆詞意思為歡迎，常常用於客人已到達的場合

Welcome back!（歡迎歸來！）

Welcome on board!（歡迎加入！）

Welcome, come in, please.（歡迎，歡迎，請進。）

那麼類似於「歡迎您蒞臨敝公司」怎麼說呢？

Welcome you to our company!（×）

Welcome to our company!（○）

「請」該怎麼說？

He please people to help him.（他請人幫他。）
這句話哪裡錯了？試著說出對的句子。

常接到英文 email 寫著：Please kindly give me a reply.（請回覆。）

很多人用 kindly 這個字，以為這樣更客氣，其實是誤會。please kindly 連在一起是累贅。

kindly 並不是很客氣的說法，《朗文當代高級辭典》kindly 條的解釋 是：「kindly 請（常用來表示不滿）。」

英語學者約翰‧布里納（John Bremner）提到 kindly："Kindly" is stronger and more formal than "please" and tends to connote the idea of "Do this... or else."（Kindly 比 please 的語氣強，也較正式，往往 帶「你要這樣做……否則」含義。）可見 kindly 有 please 的意思，兩 字不必並用。

kindly 有時有不滿的意味，例如：Kindly turn the radio down while I am working.（我在工作，請你把收音機音量調小一點。）這一句的 kindly 是較強烈的要求。

要客客氣氣說「請」，please 比 kindly 簡單而自然。Current English Usage 說：Do not use "kindly" in requests where "please" will do. （提出要求，可以說 please，就不要說 kindly。）

please 是一個比較禮貌的字，以前一直把它列為犯錯機率低的字，但最近打破了原先的想法。就算英文還不錯的人，也會用錯這個字。

他請大家幫忙，會說成：He please people help him.（×）

請瑪麗幫我轉達給他，說成：Please Mary tells him.（×）

請幫我忙，英文會說：Help me, please 或 Please help me. 但他請別人幫忙不必用 please，而要說："He asks for help from them."。

請幫我轉達給他，Please tell him. 就可以用 please，但瑪麗幫我轉達，就要用 "Ask Mary to tell him."

主要的原因，please 當中文的請，只在祈使語句中有效，也就是當句子的主詞是 "you" 時才能這樣用。所以 please 其實是「請你」，而不只是「請」。

please 到底是什麼詞，又為何會有這種規範？比較可信的說法是動詞。please 在古代英文裡用於請求或命令的句子裡，其解釋相當於 May it please you.（如果這是可以讓你喜歡、滿意。）

一次搞懂 end up

試試看造句，3 個句子都有一點「口氣」，造得好，英文就升級了。

● 處理恰當，到頭來這家公司就歸你掌管。

● 你再這麼無禮，會落得一個朋友都沒有。

● 比賽很可能以平手收場。

英文裡面有一些用字，和中文很不一樣。要讓自己的英文道地，就是很自然地在口語中用上這類型的字。這些字是哪些呢？像 end up, justify, access, available, practice, work on, turn out 這樣的詞彙。本章來談一談 end up 的用法。

end 原來是結束的意思。例如：The meeting ended at five.（會議 5 點結束。）加上一個 up 變成 end up，很口語化，意思是「經過某些過程或回合之後，最後得到什麼結果」，而這種結果經常和原來的預期不同，如果是負面意思，就是「落得……下場」。

為了便於說明，我們把用法分為兩類：

❶ end up + Ving

一類是後面跟動名詞，表示「最後在幹什麼」。看下面的例子：

You could end up running this company if you play your cards right.

（處理恰當，到頭來這家公司就歸你掌管。）

I thought I was going to hate it, but I ended up enjoying myself.

（我以為我會很討厭這份工作，想不到居然樂在其中。）

He had promised to work for me, but he ended up working for another guy.

（他本來說好為我工作，後來卻另謀高就。）

He denied everything, but ended up confessing everything.

（他原先什麼都否認，但最後什麼都承認了。）

❷ end up + Noun

第二種用法是 end up 後面跟名詞，意思是「最後到達什麼狀態、情況、地方」等。有時候 end up 後面還會加介系詞 with 或 in。

If you continue to be so rude, you'll end up with no friends whatsoever.

（你再這麼無禮，會落得一個朋友都沒有。）

You will end up in debt if you keep on spending money like that.

（再這樣花錢，你總有一天要負債纏身。）

If you keep pressing this button, you will end up with a blank screen.

（如果你一直按這個鍵，最後就會出現一個空白螢幕。）

It was a low-growth, no-risk scenario, but you ended up with a different sized business.

（這是一個低成長、無風險的計畫，但你最後搞出來的公司規模不對。）

Chances are likely that the match may end up in a draw.

（比賽很可能以平手收場。）

光是看別人的造句，到頭來還是不會用到口語上，你可以試著造句，硬是讓 end up 派上用場。記住：造句盡可能造「可能發生的句子」，一旦發生，這個句子就有出場的機會了！

口說英文，
你用對詞了嗎？

你說對了嗎？
The new office is very _____.
1. wide　2. spacious

以下來談談「語用錯誤」造成的誤解。台灣英語教育，一直到近幾年才開始重視「語用」。講得白一點，語用就是語言的用法，在哪一些情境裡應該說哪些話，要怎麼說。

來看幾個例子：

❶ 何時用 of course？何時用 yes / no？

你讀過那本書了嗎？

是啊！我讀過了。

Have you read the book?

（✕）Of course!

（○）Sure.

這句只要回答 yes 或 sure 即可，老外用 of course 的頻率不高，只在回答一些理所當然問題時才用。of course 在文法上當然對，但它後面隱含的意思是「還用說嗎」，有一點明知故問的意思。什麼時候應該用 of course 呢？當別人請求你幫忙的時候，你可以說 of course。

❷ 覺得怎麼樣？

我覺得妮娜的想法不錯，你覺得怎麼樣？

（×）I like Nina's idea. How do you think?

（○）I like Nina's idea. What do you think?

徵求意見，不用 how。對於一些事情，徵求對方意見時，儘管中文是說：你覺得怎麼樣？但是英語中，不能用 how，要用 what。

❸ 寬敞

新辦公室很寬敞。

（×）The new office is very wide

（○）The new office is very spacious.

wide 是 narrow 的相反詞，意為寬闊的，指橫向幅度。例如：a wide river 一條寬闊的河流。表示房間的空間很大，不用 wide，而用 spacious 或 large。wide 指橫向寬度，spacious 指空間寬闊。

❹ 出去玩耍

我和朋友出去玩。

（×）I played with my friends on weekend.

（○）I hung / went out with my friends.

play with friends 是指小孩子玩耍。成人出去遊玩應說 hang / go out with friends。此外，也可以用 have fun / enjoy oneself 等表達方式。

❺ 聽力

我的聽力理解很好。

（✗）I have good hearing comprehension.

（○）I have good listening comprehension.

hear 的意思是聽到，常強調聽的結果，hearing 指的是生理上的聽覺能力；listen 則常常強調聽的動作，指的是聽力理解的能力。

牛津字典
查不到的內行字

> bank holiday
> 不是「銀行假期」，那是什麼？
> mug shot
> 這不是指被馬克杯擊中，那是什麼？

常常會聽到學生們抱怨：學到的單字越多，遇到的生字也就越多。

這是多麼挫折的事！正式詞彙已經多如牛毛，但更讓人一頭霧水的是那些非正式詞彙：街頭巷尾的用語、流行文化中的新詞，以及社交圈內的「行話」。就連以英語作為母語的人，都不見得懂。

但這並不意味著你無法破解這些語言謎團。在網路的幫助下，只要下點功夫，就能挖到寶。找尋最新的街頭說法或俚語，最大的網上參考資料庫是 Urban Dictionary。這辭典不但有用，而且有趣。

無論查哪一種辭典都要記得，就像好的推理小說作者會在故事中加入一些 red herring（「紅鯡魚」，指混淆視聽的線索），英語中也有多重意思的單字來作弄你。比如：有位美國少年當著你的面把你最喜歡的 T 恤說成 sick（有病、噁心），你可能會感到被侮辱。然而在俚語中，sick 有可能是一個熱情的讚美詞。

我們現在就來看看幾個很容易搞混的字詞，在 Urban Dictionary 裡的解釋和用法：

① bank holiday

Noun to describe a series of vacation days in the old country. The banks are on holiday... so why should the rest of the lazy slobs go to work?

bank holiday是「國定假日」，不是「銀行假期」，這是英國人用來形容連續假期。連銀行都休假了，這些懶骨頭上班族何必上班？

> The offices will be closed for the bank holiday.
> （辦公室在國定假日休息。）

② zombie company

1. A technically bankrupt company that is kept alive with large infusions of government money for the sake of "stability" in the U.S. financial system. 2. A large financial company with negative net worth that continues to operate, despite having no clear path to solvency. 3. The UnDead of Wall Street.

幫殭屍服務的公司？！用字面意思去翻譯，當然怪怪的。所謂 zombie company，是指那些早該倒閉，但卻一直得到政府資助的公司。

> AIG is the premier example of a zombie company － kept alive only by $120 billion in federal bailout money. Apparently, it's considered too large to fail.
> （AIG 是有名的米蟲公司，靠著聯邦 1,200 億美元援助才撐下來。它已經大到不能倒。）

❸ moonshine

Moonshine is illegally distilled homemade whisky, usually with very high alcohol content. It got its name because it was normally distilled at night "by the light of the moon." Most moonshine is distilled in West Virginia, Kentucky and Virginia.

這個字是「月光」之意，但也指私釀烈酒。因為釀私酒並不合法，都是在月光底下偷偷摸摸地。

❹ mug shot

A picture of a person's face, especially those in police files.

這不是指被馬克杯擊中。mug 為馬克杯，18 世紀初英國流行怪異面孔裝飾造型的馬克杯，因此 mug 遂有「面孔」的意思。歹徒被捕後到警察局 get a mug shot，即指被拍照存檔。

There is a mug shot of the escaped convict in the newspaper.
（報紙上有逃跑嫌犯的檔案照。）

就像中文也有很多雙關語或流行字，弄懂了這些街頭巷尾的新式英文，就能讓你的英文更像老外。

24 「你方便嗎？」怎麼問？

「你方便嗎？」該怎麼說？
1. Are you convenient?
2. Is it convenient for you?

「你方便嗎？」經常聽到有人用英文問這句話，結果卻變成：Are you convenient?

這句話是很典型的中式英文。今天一起來看看 convenient 這個錯誤率很高的英文字。

在中文裡，「方便」可以用來形容「人」，也可以說「事」。可是用英英字典一查，convenient 這個形容詞，解釋是 "If a way of doing something is convenient, it is easy, or useful or suitable for a particular purpose"，它的意思是「令人感到方便」，用來形容的名詞不是人，而是事物。

Will five o'clock be convenient for you?（5 點鐘對你方便嗎？）
→ 這樣的說法，比說 Are you available at 5:00? 還更客氣一點。

如果要問對方「你方便嗎？」要說成：Is it convenient for [to] you?（記得：用 it 當主詞。）

如果你感到方便的話，我就來。

（╳）I'll come if you are convenient.

（○）I'll come if it is convenient for [to] you.

convenient 既然是形容事物，就有人這樣說了，形容交通總可以吧！Traffic is convenient in Taipei.（台北交通很方便。）這句話還是錯了，而且是兩個錯：第一個錯誤，traffic 多半用來形容負面的交通狀況，交通擁擠、堵塞之類的；另一個錯誤就是 convenient 不用來形容交通。

convenient 最核心的意義就是很近（near），像便利商店叫 convenience store，或很容易到達（easy to reach; accessible）。

那交通方便怎麼說呢？來看一個例句：These retail outlets are situated in convenient location and can be easily accessible by public transport.（這些零售店地點適中，交通方便。）

中文裡，我們常說，捷運很方便、鐵路很方便，直接就用「○○○ is convenient.」。文法上也對，但聽起來有點不自然，比較下面這兩句，是不是第二種講法比較好？

Railway is convenient.（鐵路很方便。）

Travelling is convenient for people, where there are railways.

（有鐵路的地方，旅行就方便。）

從語用出發

成人學英文最大的特色有3個：一說就錯、一用就忘、一講就懂。關鍵在這一講就懂。這一章談很多的「語用錯誤」造成的誤解。台灣英語教育，一直到近幾年才開始重視「語用」。講白一點，語用就是語言的用法，在哪一些情境裡應該說哪些話，要怎麼說。例如：你是做什麼工作（做哪一行）？

（✕）What's your job?

（○）Are you working at the moment?

What is your job? 美國人不會這麼問，英國人也會覺得這樣問失禮，這似乎是在警察詢問人時用的。要問對方的職業，可以用 What do you do? 要更禮貌還可以問：目前你是在上班嗎？Are you working at this moment? 或是：你從事哪個行業呢？What line of work are you in?

懂得英文語用，就開始進入英語文化！

看得到，
卻聽不見的發音

請問本句中的 it 該怎麼發音呢？
If you're interested in it, give me a buzz.

首先，請大家先唸唸下面這幾個句子。唸的時候請注意紅色字的發音：

Don't push the **button**.（不要按這個按鈕。）

It's **written** in the stars.（這是命中注定的。）

He's **sentenced** to death.（他被判處死刑。）

這些紅色字都有個特點：非常簡單，我們也都會用，但是當外國人說到這幾個字，我們的反應常常是 Pardon? I'm sorry?

理當是要完全掌握的字，為什麼我們就是抓不到呢？這是我們太依賴 KK 音標或自然發音的結果。

button、written、sentence、Britain、eaten 這些字的 t / tt 拼字，我們常被教導要發成 /t/。自己唸的時候，也會望字生音。

但在老外的耳裡，特別是在北美地區和英國，這些清清楚楚的發音其實有些不自然。在英文中，如果 /t/ 後方緊接著 /ən/，就會發成一種喉嚨停滯音，像是一股氣流在喉嚨卡住，國際音標符號是 /ʔ/，英文叫作 glottal stop（喉塞音）。 這樣的現象是因為這些字 /t/ 的發音和 /n/ 的發

音位置太像，要在一個字裡同時發出來其實不簡單，所以母語人士會選擇發 /n/，而 /t/ 就成了 /ʔ/。

除了在 /ən/ 前方的 /t/ 會變成 glottal stop 之外，/t/ 在字尾有時也會這麼發，情形如下：

❶ 在一個句子的最終

I don't think I can make it. Sorry to tell you in the last minute.

❷ 在句中的停頓點之前

If you're interested in it, give me a buzz.

❸ 在子音之前

Let me know if you have any question.

發音是一種對聲音的想像，開始找到中文發音裡不存在的聲音吧！

聽懂印度腔

猜猜看印度英語的 WA DIM 是什麼意思？
1. What time　2. Waiting

近來聽很多學生都說，不是聽不懂老美或英國人的英文，而是聽不懂印度人說英文。今天就來談談口音。

我們把英、美以外國家的英語發音作分類，難易程度分為三大類：

第一類以澳洲、紐西蘭為代表，只要抓住幾個不同詞的口音就夠了，比如：data 在澳洲的發音是「打他」、schedule 則發成「靴久」。

第二類以馬來西亞和新加坡為代表，對於新加坡英語發音，One、Two、Three，發音對應為標準的 One、True、Tree。你也可以試試，很有意思的！

而第三類是以印度為代表的「捲舌音」英語。英語還不錯的高科技工程師，有一次在與印度進行網路連線會議前，要先設定電腦的 IP 位址，不超過 12 個數字，講了 30 分鐘始終對不上。

印度人英語口音重、速度快，停頓掌握不好，聽起來原本就吃力。印度式英語發音的一個主要特點，就是把標準英語中本應該把舌頭放在上下排牙齒間送氣的音 th 簡化為 t，而且印度人發 t 的音又接近 d 的音。所以印度人自己也拿這個發音特點開玩笑，當他們說：「我 30 歲了。」

（I am thirty.），聽上去就是「我有點髒。」（I am dirty.），因為 thirty（30）的發音和 dirty（骯髒）混淆了。

此外，印度人常用很文言的句子：Please intimate...（請告知……。），或者 You will be intimated shortly.（不久你們就會被告知。）；美國人就直截了當寫：Please let us know. 和 You will be informed shortly. 印度人口遠超過英國，已故英國著名作家麥坎・穆格里奇（Malcolm Muggeridge）曾開玩笑：「世界上最後一個英國人說不定是印度人。」（"The last Englishman would be an Indian."）

印度英語還有一個特色，就是印度人最愛用現在進行式，比如：

I am understanding it.（我明白。）
She is knowing the answer.（她知道答案。）

印度朋友還喜歡極樂觀的說法：

Your good name, please?（你叫什麼名字？）

問人家歲數的時候可以用這樣委婉的說法：

What's your good number?
甚至可以問：When is your happy birthday?（什麼時候生日快樂？）

更妙的是「開」和「關」的用法，在英語中說「開冷氣」、「關冷氣」很麻煩，要說 Turn on the air conditioner. / Switch off the air conditioner. 而印度英語就像中文一樣可以用 Open（開）、Close（關）。

以下幫各位整理出印度英語發音規律，多唸兩遍，就能抓住發音和聽力訣竅了。

WA DIM = What time

I D LIG DO CHANGE DE GALA. = I'd like to change the color.

關鍵點：

P 發 B

T 發 D

K 發 G

R 發 L

AI 發成 I（Client cl/ai/ent 變成了 cl/i/ent）

27 小心洋涇濱
讓破英文露餡

你唸對了嗎？
Skype 發音：
1. ［skaɪ-pi］　2.［skaɪp］

有沒有發現，有些人一開口講中文，你就知道他的英文不會太差；有些人一講中文，你就知道，他的英文沒有太好。

原因在哪裡？商業社會裡，每個人的中文裡都夾雜著一些英文，這些英文字也隱隱透露你英文好不好的訊息。

不管學英文難不難，把中文裡穿插的英文說對，總不會太難。以下 10 個字，都有發音陷阱：

❶ Skype

這個字常聽到的錯誤唸法是［skaə-pi］，事實上，在 Skype 的官網上就說了，「Skype 與 ripe 和 type 諧音。」也就是說，Skype 的發音應該是［skaɪp］，音似「司蓋ㄆ」而非「司蓋屁」。

❷ cancel

這個字是取消的意思，請唸成 [ˋkænsl]，結尾是 L 的音，不要和另一個字 cancer 搞混，cancer 是癌症，常聽人說我要 cancer，實在是行不通。

❸ confirm

confirm 是確認，唸成 [kənˋfɝm]，注意後面是 firm，不是 form。很多人把 confirm 和 conform 混在一起了。conform 是另外一個字，意思是一致、符合。

❹ image

這個字的意思是形象，重音在前面，唸成 [ˋɪmɪdʒ]，a 發成 [ɪ]，很多唸成「伊媚舉」，錯了。

❺ copy

這個字使用量很高，是最常見穿插在中文裡的英文。美式英文要唸成 [ˋkɑpɪ]，不要看到 O 就唸成 [ˋkɔpɪ]。

❻ App

這個字老外都說成 [æp]，而不是唸單一字母 A-P-P。講 A-P-P 雖然也無傷大雅，但你很可能在聽老外說 App 時，沒聽到他在說什麼。

❼ YouTube

有些人會讀成「you to be」，其實 Tube 的正確讀法應該是 [tjub]，tube 是管子的意思，在英文俚語中，tube 被當作電視，例如：What's on the tube? 就是「電視在播什麼節目？」

❽ solar

這個太陽的意思，太陽能是 solar energy，solar 唸成 [`solɚ]，不要看到 ar 就唸成 [`solar]。

❾ onion

這個字中文意思是洋蔥，唸成 [`ʌnjən]，注意第一個 o 的發音。

❿ bikini

這個字要唸成 [bɪ`kinɪ]，很奇怪，許多人都唸成 [bɪ`ginɪ]，也許是被中文譯音「比基尼」誤導了。

抑揚頓挫差很多

I beg your pardon（↗）是什麼意思？
1. 要對方重複一次。
2. 向對方道歉。

同樣的句子，語調不同，意思就會不同，有時甚至相差十萬八千里。

看看這兩句話：

I beg your pardon.（↗）

I beg your pardon.（↘）

第一句是你沒聽清楚別人的講話，要對方重複一次。

第二句是你不小心踩到別人，向對方道歉。

語調（intonation），是講話時候的抑揚頓挫，以下我們一起來看看語調造成的變化。

A：Can you bring me the book?

B：Sorry?（↗）

用升調說 "Sorry?"，像個問句，意思是 "I didn't hear you. Could you say that again?"。

A：Can you bring me the newspaper?

B：Sorry.（↘）

用降調說 "Sorry."，表示拒絕。

單一音節的語調並不重要，重要的是它與另外一個音節的相對高度。由於強調的重點不同，語調也就隨之發生了變化。比較看看：

I（↗）work for the company.

（暗示在場的其他人不是在這家公司工作。）

I work for（↗）the company.

（我是在這裡「工作」，暗示著我可不是來玩的。）

有了這些認識，對下面的對話所提問的問題進行選擇時，就不難回答了。

Man：Mary looked very tired these days.

Woman：She looked OK to me.（↗）

Q：What does the woman think of Mary?

(A) She saw Mary and me.

(B) Mary said she was fine.

(C) She looked up the word for me.

(D) She considered Mary was all right.

答案 (D)，這句話重音落在句子的最後一個字 "me" 上。女士以升調重讀 "me"，意思是她不贊成男士意見：你覺得瑪麗累，可是在我看來，瑪麗沒什麼問題。

疑問詞像 who、which、what、how、when、where、why 可以用降調也可以用升調，但含義不同。如：

A：Mr. Johnson thinks we ought to give a proposal first.

B：Who?（↗）

A：Mr. Johnson

用升調說 "Who?"，表示聽不清談話，要求對方重複。

A：We'd like to have someone to say a word at the beginning to welcome the guests.

B：Who?（↘）

A：We thought that you or Dr. Dan might do it.

用降調說 "Who?"，是問那你覺得誰適合？

附加疑問句可以讀升調也可以讀降調，意思不同。降調是要只等對方證實。升調表示對內容的真實性沒有把握，要對方自己判斷。如：

A：You will finish the work, won't you?（↘）

B：Yes, I will.

用降調提問，是再確認，我知道你會完成，但口頭上再確認一下，安心一些。

A：You will finish the work, won't you?（↗）

B：No, I won't.（或 Yes, I will.）

用升調提問，表示沒把握，因此得到的回答既可能是肯定的，也可能是否定的。

語調還可以反應談話人的互動性。如：

A：Are you Mr. Lin?

B：Yes.（↘）

A：Here you go.

此例中，B 用降調說 "Yes."，表示 B 的認可，這是一個封閉式的回答，這表明如果 A 沒有新的問題要問或新的資訊要告知，也許他們的對話就可以結束了。

A：Are you Mr. Lin?

B：Yes?（↗）

A：Ah, you have a message.

用升調回答 "Yes?"，暗示對方，你找我有什麼事？

對語調的感知和反應能力，經常也靠直覺，有了 "whole picture"，其餘靠感覺，在交談的語氣裡揣摩，十之八九，你會答對。

詞性換一下更傳神

翻譯以下句子：
我昨晚和老闆談話談了好久。（不要用 talk 當動詞）
這件事如果可行，就放手去做！（不要用 do 當動詞）
我的主管總是把我當成敵人。（不要用 treat 當動詞）

「我昨晚和老闆談話談了好久。」這句話講成英文，你會怎麼說？

多數人會說，I talked very long... 然後就卡住了，講不下去。把正確答案說出來，你會發現，其實很簡單：I had a long conversation with my boss last night.

如果你說對了，表示你的腦海中已經擁有一定程度的英文思維。那為什麼會想不起來呢？是因為中文裡的「動詞」，到英文裡就變成了「名詞」，這中間經過了一個「詞性轉換」。

有時候我們問別人：「你的意思是？」假如你脫口而出：What is your meaning? 可能就表示你對「詞性轉換」還不夠熟悉；大部分老外會把「意思」轉成動詞：What do you mean?

再來看一句。有一次聽到有人批評同事約翰愛說話，他說：John really likes talking.

這句話也沒有錯，但就是沒有把「愛說話」這樣的「人格特質」表達出來。John is really talkative. 愛說話本來是動詞，可是換成形容詞 talkative 後，更一針見血。

我們一起看看「動詞」轉「形容詞」的類型：

❶ can / could (be) → -able

在中文裡「可以⋯⋯」，英文的說法不見得一定要 could be...，善用 -able 的形容詞（viable 可實行、credible 可信賴、discernable 可分辨），更能表達出「可以」的意思。

這件事如果可行，就放手去做！
一般：If it can be done, just do it.
較佳：If it's doable, just do it.

寫郵件時，請確保文字可閱讀。
一般：When writing an email, make sure what you put down could be read.
較佳：When writing an email, make sure what you put down is readable.

❷ treat... as... → be 形容詞 to...

中文說「視為、對待」，動作中都還隱含著對主詞的人格描述。換成英文的說法，便會借用相關的形容詞，在接受的對象前加上介系詞。

我的主管總是把我當成敵人。

一般：My manager always treats me as an enemy.

較佳：My manager is always hostile to me.

台灣人對外國朋友都很友善。

一般：Taiwanese always treat foreigners as friends.

較佳：Taiwanese are always friendly to foreigners.

❸ be easily...by → be 形容詞（-able）to...

「容易受……影響」，同樣也是動作中隱含特質描述。英文中 -able 類的形容詞，正能表達這種隱含的特質。

據說在冬天因為陽光不夠充足，人們容易有憂鬱傾向。

一般：It's said people are more easily to suffer depression during the winter due to reduced exposure to sunlight.

較佳：It's said people are more susceptible to depression during the winter due to reduced exposure to sunlight.

有些研究人員在爭論哪些國家最容易受金融危機威脅。

一般：Some researchers are battling over which nations are most easily threatened by the financial crisis.

較佳：Some researchers are battling over which nations are most vulnerable to the financial crisis.

詞性轉換的機制並不複雜，拿起中英對照文章，先讀中文，試著把中文講成英文，說出來了再對原文，檢查看看其中有沒有詞性轉換！很快你會發現，腦中自然而然就開始轉換詞性了。

搞定英文中的麻糬字

你說對了嗎？
Household electricity rates will _____ from May 15.
1. rise　2. raise

有些字看起來很像，但用法或意思卻不一樣。很多人被這類字一纏就纏很久，它們就像英文中一團糊糊的麻糬，吞不下去也吐不出來。

對付這類字最好的方法，是找到一個簡單原則，一次釐清。

❶ rise 和 raise

家庭用電自 5 月 15 日起上漲。

（×）Household electricity rates will raise from May 15.

（○）Household electricity rates will rise from May 15.

原則：rise 是不及物，raise 是及物。

rise 和 raise 這兩個字長得很像，意思又都是上升，所以很容易搞混。

raise 用作動詞，意為「舉起、升起、增加、飼養」等，只用作及物動詞，也就是後面一定要加一個受詞。

He raised his voice.（他提高了嗓音。）

Her wages were raised.（她的薪水漲了。）

He is a farmer and raises horses.（他是農民，同時又養馬。）

rise 意為「升起、上升、起床」等，是不及物動詞，不能直接加受詞。

The sun rises in the east.（太陽從東方升起。）

They all rose (from their seats) to greet us.

（他們起立來迎接我們。）

注意：有時 rise 後跟一個表示「價錢」或「高度」的詞，這個詞是形容詞，不是受詞。如：

The river rose a foot in the night.（河水在夜間漲了 1 英尺。）

Gas rose 15% in price.（油價漲了一成五。）

❷ room 和 space

可否請你挪出一點空間給這位老婦人？

（不好）Could you make some space for the old women?

（好）Could you make some room for the old women?

原則：讓位／挪出空間是 room。

room有兩層意思：一為「房間」，是可數名詞；二表示人或物體所占的「空間或場所、處事的餘地」等意思，是不可數。make room for（給……讓出地方）；take up room（占地方）；leave room for（留出空間給……）。

space 意為「空間」，比 room 抽象，是不可數名詞，表示萬物存在之處；作「空隙、空白」解時，是可數名詞。

❸ reply 和 answer

你應當馬上回覆這封信。

（×）Who reply the telephone?

（○）Who answer the telephone?

原則：answer = reply to，但 reply 不能用來接電話。

reply 和 answer 都是「回答」，而且也都可以作名詞和動詞。answer 比較一般，主要用於對問題、指責等的回答；reply 的用法較正式，多用於對問題作出解釋、辯論或陳述性回答。

Answer this question.（回答這個問題。）

I asked her the reason, but she didn't reply.

（我問她為什麼，她卻不回答。）

當動詞時，answer 可直接跟受詞，而 reply 須與 to 連用；answer 可表示對電話、敲門等作出的「應答」，reply 則不能。例如：

Who answered the telephone?（誰接的電話？）

作名詞時，兩者都指「……的答案或答覆」，均與 to 連用。例如：

I received no reply / answer to my request.（我沒有收到任何答覆。）

如果是指練習題的「答案」，一般用 answer。例如：

The answer to 6 × 10 is 60.（6 乘以 10 的答案是 60。）

❹ spend 和 take

我花了一週時間讀完這本書。

（×）I took a week to finish reading the book.

（○）It took me a week to finish reading the book.

原則：It takes、I spend（這四個字琅琅上口就對了）。

spend 是花錢或時間，其主詞通常是人。

He spent 20 dollars on the pen.（他花了 20 美元買了這支筆。）

take 常用於占用或花費「時間」。

The work will take us two hours.（這項工作將花費我們 2 小時。）

How are you?
不是個問句

你説對了嗎？
I had a _____.
1. check-up   2. body-check.

用英文溝通，通不通？經常不是文字問題，而是文化問題。看以下例子
就知道：

❶ How are you? 不是問句

美國人見面最常說的就是 How are you? 或者 How are you doing? 初
到外商工作的人一定有經驗，當老外這樣問，你還在想怎麼回答時，老
外已經不見了。久了，會發現大家的回答都是 "Good."。出於禮貌，
回答完後還會回人家一句：How about you? 對方的回答也都是 Good、
Great、No complaints 之類。

年輕愛新奇，會說：What's up? 或是 What's new? 回答一般就說
"Nothing much."，都是出於禮貌的客套話。

所以，下次再聽到人講 How are you? 就像 Hi 或 Hello 之類的，僅是表
達友善。

❷ of course 有時是一種挑釁

很多人把 of course 當作是 yes / sure / certainly，這樣不一定對。老外用 of course 的頻率比我們低很多，只有在回答一些眾所周知的問題時才說 of course。有時也帶有挑釁的意味，例如：He was late again, of course. 他又遲到了。（可以想像中文把那個「又」字拉得很長。）

來看一個錯誤示範：

A：Will you be in the office tomorrow?
（×）B：Of course!
（○）B：Sure. / Certainly.

別人是禮貌客氣問你會不會在，用 of course 好像在責備別人怎麼搞不清楚狀況。交談時，用 sure 或 certainly 效果會好得多。of course not 的挑釁意味也很重，語氣溫和一點，說 certainly not。

❸ drug 是藥品還是毒品？

一直以來我們學 drug 的意思就是藥品，藥房就叫 drugstore；但這個詞在老外口語中更經常用來表示毒品。平常聊天，如果用 I'm taking drugs. 這句話告訴別人你在吃藥，一般人的第一個反應是你在吸食毒品。比較常用的說法是：I'm taking medicine. 若是長期服藥，用 I'm on medication.

④ body-check 是檢查身體？

中英文的直譯經常會出錯。有人會直接說 I got a check. 老外一呆，以為是你拿到一張支票。或是你說：I have a body-check. 老外就會笑了：你說的是 physical check 吧！body-check 是驗屍。We found a body. 是 *CSI* 等美國影集裡常聽到的句子，多半是屍體才用 body。身體檢查，也可以用 I had a check- up.

⑤ cute 其實是對人有好感

一般說人很帥，都用 handsome，但老外更常用 cute，意思是好看，而且有喜歡的那種好看，如果是異性，就是對對方有好感。cute 在同性中其實也常用，只是不直接指人。例如：朋友一起看照片，會說 Oh, this is cute. 或是 You look cute in the photo.

SECTION 32 你講「教室英文」還是「商用英文」？

想想看：
懷孕的英文，除了 pregnant，還有哪些更簡單、生活化的說法？

世界公民文化中心的外籍老師有一天突然問我：「你覺得哪一種英文教學最糟糕？」我愣了一下，因為我比較常回答像「哪一種英文教學最有效？」這類的正面問題。

我想了想，然後回答他：perhaps classroom English（教室英語）。

在教室裡學到的英文規則，中規中矩，較適合學術、研究界使用，但在日常生活環境聽起來就是不對。它最大的問題就是：一個本來可以用很短的字就表達出來的概念，但我們習慣用很長、很難的字，或者說用太多的 "big words" 或「誇張的英語」。譬如：

That's a tough question.

這樣的一句話，我們可能會講成：That's a difficult question.

這種例子不勝枚舉。大部分的人在教室中學了英文，最後反而對「艱難學術用語」知之甚詳，而一般英美大眾慣於使用的，或在小說中出現頻繁的簡單形容卻不甚了解？

❶ 懷孕

說女性「懷孕」，教室裡學到的就是 "pregnant"，但還有更簡單、生活化的說法：

> She's going to have a baby.（她即將擁有一個小嬰兒。）
> She is "expecting".（她在「待產」中。）
> She is "in a family way".（她不久就要走向「家庭之路」。）

中文也會說：「她有喜了。」可見在形容微妙（delicate）的事情時，無論中外都會採用拐彎抹角的說法。不過，雖然一樣是「懷孕」，但未婚女性在不希望的情形下懷孕時，就會說：She is "in trouble".（她有了麻煩。）

❷ 順便

像「順便」也有極其繁多的婉轉說法。來看 3 個例子：

> **By the way**, your boss called today.
> （對了，你老闆今天打電話來過。）

這是我們大家最熟悉的「順便一提」的用法。

> I have just called **in passing**.
> （我並不是特意造訪，只是順道來看看而已。）

句中 in passing（過程中），也有「順便」的意味。

> Could you buy me a drink **on your way** back?
> （你來這裡的路上，可以順便幫我買瓶飲料嗎？）

這裡用 on your way（來的路上），來表達順道的意味。

「美國隊長」
還是「隊長美國」？

你說對了嗎？
伊莉莎白女王
1. Queen Elizabeth　2. Elizabeth Queen

Marvel 漫畫系列的電影總能颳起一陣旋風。學生看到這部片名，問我們：「《美國隊長》為什麼不是 *American Captain*，而是 *Captain America*？」

太執著於中文的詞序，說成 American Captain（美國的隊長），這個頭銜就淡掉了，讓這部片的主角突然變得很平庸。

中、英文說「頭銜」，詞序是相反的。像張先生，英文說 Mr. Chang，中文習慣把頭銜放在後面，英文則習慣把頭銜先亮出來。Captain America，是兩個名詞的並置：這個人是隊長，而且還代表了美國精神。

這一類的用法還有很多例子：

❶ Miss America 美國小姐 / Mister Donut 甜甜圈先生

如果你還記得珊卓・布拉克（Sandra Bullock）主演的《麻辣女王》，這部片的英文就是 *Miss Congeniality*。

At age 17, Teresa Scanlan has become the youngest Miss America.

（泰瑞莎‧史考蘭在 17 歲贏得了美國小姐的頭銜，是史上最年輕的美國小姐。）

❷ Professor X　X 教授

X-Men: First Class is an American superhero film directed by Matthew Vaughn, focusing on the friendship between Professor X and Magneto when they were young.

（《X 戰警：第一戰》由馬修‧范恩執導，是美國超能力英雄故事。這部電影著重在 X 教授和萬磁王年輕時的情誼。）

❸ King George 喬治國王 / Queen Elizabeth 伊莉莎白女王

The King's Speech tells the story of the relationship between King George VI and Lionel Logue, who saved the British Monarchy by curing the King's stutter.

（《王者之聲》說的是喬治六世和萊諾‧羅格的故事。羅格治好了喬治六世的口吃，可說是拯救了英國王室。）

❹ General MacArthur 麥克阿瑟將軍

General MacArthur became a spiritual icon after leading the successful Inchon landing.

（麥克阿瑟將軍在仁川登陸後成了國家的精神象徵。）

❺ Duke Nukem 毀滅公爵

Duke Nukem was initially created as the protagonist for the video game. His role is to fight back an alien invasion on Earth.

（毀滅公爵是創造出來的電玩角色，他擊退外來者入侵，捍衛地球。）

介系詞用起來
沒 fu 嗎？

你説對了嗎？
I went there _____ train.
1. with　2. by

很多英文不錯的人都說，英文學久了，最沒把握的是介系詞。為什麼房間的門用 the door of the room，門的鑰匙卻是 the key to the door ？究竟有沒有道理可循？

道理在「感覺」，不在「文法」。每一種語言都有一種自然演進的規律。這種規律，與其記規則，不如感受它。比方說，在車上，如果搭汽車是 "in a car"、公車是 "on a bus"；你記住一種感覺，如果你在這交通工具裡要彎腰，就用 in，in 是包在裡頭的感覺；如果是挺著身體走得進去，就是 on。以此類推，在飛機上是 in 還是 on ？自然是 on an airplane 了。

現在一起來看看幾個介系詞給人的感受：

❶ to 和 for

to 是「朝著目標去」（目標明確，一定會到）；for 是「朝著一個方向去」（是一個大方向，並沒有說一定會到）。

Give the proposal to me.（將那計畫書交給我。）

把計畫書交到我手中，我會收到計畫書。

「給」（give）這個動作必須要作用在 "me" 身上才算完成，所以用 "to"。

　　I'll buy it for you.（我會幫你買。）

for 指一個方向，"buy" 這個動作事實上與 "you" 無直接關聯。

不管有沒有交給 "you"，「買」（buy）的動作都已經完成，所以用 "for"。

② in 和 at

at 是精確概念；in 是模糊概念。

跟人約了時間確定，就說：I'll meet you at 8:00.

跟人約了在固定地點就用：Let's meet at the coffee shop downstairs.

某一年、某個月、某個早晨，時間很長、難以精確，用 in。他人在台北，我們說：He is in Taipei. in 後面是一個大地方，不見得找得到他的人。

③ with 和 by

with 是「伴隨著／在旁邊」的感覺；by 則是「靠過去」。

　　I will go with May.（我將和梅一起去。）

因為 with 給人的感覺是「伴隨著」，也就是「在旁邊／拿在手上」的意思。

所以 with 可以解釋作「利用……工具」。

I opened the door with a key.（我「用」一把鑰匙開那扇門。）

I am satisfied with the gift.（我很滿意那個禮物。）→有這個 gift，滿足感隨之而來。

I went there by train.（我搭火車到那裡。）

「靠過去」是透過 train 這種交通工具抵達。不能用 I went there "with" train. 這樣會變成「使用（手拿著）」train 到那兒。

❹ of 是從屬、包含、分離的概念

The table is made of glass.（桌子是由玻璃製成。）

桌子是從玻璃中「分離出來的」。

如果說 It is made "with" glass. 表示你拿 glass 當工具（伴隨著／拿著），不合理。

如果說 It is made by wood. 表示 wood 是某個人，桌子是他做的，這也不合理。

回到最原始的問題：

這間房間的門 the door of the room（○）

→房門是房間的一部分，可以用 of。

這扇門的鑰匙 the key of the door（×）

→鑰匙不是門的一部分，不能用 of。

這扇門的鑰匙 the key to the door（○）

→鑰匙用來開門，是朝某目標而去的概念，用 to 就對了。

別把英文當中文說

你說對了嗎？
Sorry, we don't have any _____.
1. available seat　　2. seat available

如果你曾說：「我英文不好，因為我用中文思考。」或者「我需要英文邏輯。」那我要進一步問：什麼是「英文思考」？它和「中文思考」有何不同？

英文思考的關鍵在：講一個句子時，單字在你腦中以什麼順序出現？中、英文的順序有時相同，這時不必花太多心思，訊息就傳達出來了，這類句子大部分不會講錯，例如：

I am a financial manager.（我是財務經理。）

但也有很多中文思考順序不同的結構，例如：

the CEO of the startup（新公司的執行長）

A few more steps will bring us to the new building.

（我們再多走幾步就可以到新大樓了。）

能夠抓出中英文思考順序不同的結構，習慣它，就能夠用英文思考。今天帶各位一起找出一種容易忽略的英文結構：**後置形容詞**。無論中英文，我們都熟悉「形容詞＋名詞」，像 a hard worker、a profitable business。現在看一些特例：

❶ 形容詞須置於其後

遇到 something / nothing / anything，要把形容詞放在它們之後：

（×）Is there **important thing** in the speech?

（這場演講有哪些重點？）

（○）Is there **anything important** in the speech?

（×）I'd like to **eat something**.（我想吃點東西。）

（○）I'd like to **get something to eat**. I'll back in 30 minutes.

❷ 習慣後置的形容詞

少數幾個形容詞習慣後置，如：available / possible / present / absent 等。

（×）Sorry, we don't have any **available seat**.

（對不起，我們沒有座位了。）

（○）Sorry, we don't have any **seat available**.

❸ 前置與後置意義不同

有些形容詞像responsible / involved / concerned前置或後置意思不同。

I'm writing to you as you are **the person responsible** for customer relations.（你負責顧客關係部門，所以我寫信給你。）

a responsible person 意為「可信賴的人」、「可靠的人」；the person responsible 意為「負責人」、「主管人」。

Can you tell me is there any **cost involved**?（請問是否需要費用？）

This is an **involved problem**.（這是個複雜的問題。）

英文可以說得更謙虛

I see. / I know. / I understand.
有什麼分別？

把順序放對，你就不會說出一堆「中式英文」！

在一個演講場合，聽見台灣主持人採訪國外講者，講者一面說，主持人頻頻點頭說：I know. I know. I know. 在台下真是為他急出一頭冷汗。

I know. 的意思是「你要講的我都知道了。」外國講者心裡一定納悶：你既然都知道了，我還說什麼？

英文已經不錯了，有時卻錯在最簡單的地方。I know. / I see. / I understand. 意思簡單明瞭，就是「我知道。」或是「我明白。」

可是我發現台灣人偏愛用 I know. 說 I see. 相對少一些，而且分辨不出兩者差別。

I know. 是一個「不謙虛」的說法，意思是說「我知道的」，言外之意「不必你來告訴我」，特別是在別人指出什麼東西你做得不對的時候，一句 I know. 可能被誤會成你是「明知故犯」。假如用了過去式 I knew. 就更不謙虛，而且故意了。

I see. 是一句老外容易接受的口語，指因為別人的指點才「恍然大悟」──我終於明白了。

I understand. 則比 I see. 正式，指自己了解對方的意思。

較好的說法是 I see what you mean. 或 I understand what you mean.
（注意：mean 是動詞，不要說 I know your meaning. 這句話會讓人誤
解為：我知道你的意義或存在價值。）

下面是 I see. 的一些例句，建議各位將它納入你的口語中：

Yes, I see.（是的，我明白了。）

"The door opens like this." "Oh, I see."

（「這門是這樣開的。」「喔，我明白了。」）

I see what you mean, the colors on the wires tell you which
terminal to connect them to.

（我明白了，這些電線上不同的顏色告訴你該去連接哪一個終端
機。）

你說對了嗎？
Do you have a minute?
1. B：Yes, I have.　2. B：Yes, I do.

老外請你吃東西，若吃飽了，有人直接說：

No, I have enough.（×）

想表達的意思是說自己吃夠了，但在老外眼中，說 I have enough. 是
「我受夠了。」

更貼切的說法是：

No more, I've had a lot. 或 I've had enough.（○）意思是吃很
多了，或 No, I'm fine.（○）或 Sorry, I can't eat any more. The
food is so good.（○）

不要說 I have enough. 會讓人以為你不喜歡食物。

thank you 這個詞，看來簡單不過，也容易造成誤解。世界公民文化中
心有位學生告訴過我一個經驗，他有一次去參加老外同事辦的 party，
主人問他要不要來杯啤酒，他回答 Thank you. 結果等了好久，啤酒都
沒有來，覺得很怪。原來 Thank you. 在外國人的解讀是 No, thank you.
的意思，說白了就是「不要了」的意思。

在餐廳點餐也都是如此，如果要的話，你要用 Sure.、Yeah. 或 Why not?（〇）

更簡單的 "OK"，也有歧意。主人請你吃飯，問你喜不喜歡，如果你的回答是 OK，主人心裡就會想，你一定不太喜歡這頓飯。OK 如果用在「評價」事物的時候，就是不好不壞，中文的口頭上說的「還過得去吧」，顯然是不太滿意。

再來，如果有人問你，Do you have a minute? 你怎麼回答？

不少人會回答：Yes, I have.（×）

正確的答案是：Yes, I do.（〇）或者 Yes, I (do) have a minute.（〇）

在什麼情況下，會用 I have. 回答呢？傳統英國人少說 Do you have a minute? 他們一般問你 Have you a minute? 你可以回答 Yes, I have.

所以說，他問你 Do you? 你就回答 I do. 如果他問你 Have you? 你就答 I have. 他如果問你 Do you have...?，你卻答 Yes, I have. 那就是答非所問了。

二次大戰之後，American English 在世界各地全面取代 British English，成為主流語言，再加上好萊塢的文化強勢，年輕一輩的英國人也有「美國化」的現象。有人發現，英國 BBC 的播音員在 1973 年首次使用了 Do you have...? 的句型，美式問句開始進入英國主流社會。

在美式英文裡，當有人問：Have you got a chance to look at it? 可以回答：Yes, I have. 在這裡 have 是一個完成式助動詞。

學英文不是逐字翻譯

你說對了嗎？
How _____ this week?
1. have you been　2. are you

有沒有英語一學就能學通的？英語究竟能不能速成？任何一個語言學家都會回答：不可能。不能速成，但卻有不少一輩子怎麼學也學不好的例子。靠一天到晚背書，靠聽 CNN、BBC 英語廣播，也不見得英文就會好。聽到不少這類抱怨：「連續聽 7、8 年 CNN，英文程度始終是那個樣子。」精神可嘉，其實是自我安慰。

學習英語要注意 3 點：

第一，有些單字用法和中文不同，甚至會影響句子結構，要特別留意。像 entitle、occur、face、tie、engage。

第二，要擴大對片語（phrasal verbs）的識別能力和運用能力。

第三，千萬不要對號入座。

「對號入座」，的意思是逐字翻譯，來就是 come、去就是 go。所以英文不管怎麼學都有濃濃中文味，有時甚至會會錯意。

有人說：「但老外都懂，何必太講究。」試想，如果你說：This noodle is very nice to be eaten. 講英語的老外都懂，但就像我們也沒有聽過老中說：「這麵很好被吃。」雖然聽得懂，但就是不像中文。

以下所舉實例，是我們一不小心就對號入座的英文，供各位參考：

❶ 你的手錶幾點？

（×）What time is your watch?

（○）What time is it by your watch?

中文會問你的手錶幾點，直接對號入座就說成 What time is your watch? 這句話的主詞其實是時間 it，而不是 watch，所以要說 What time is it by your watch?

❷ 這週過得如何？

（×）How are you this week?

（○）How have you been this week?

this week 指這一週，持續一段時間，要用完成式。

❸ 我上個月在日本

（×）When I went to Japan last month, I saw him...

（○）When I was in Japan last month, I saw him...

第一句 travelled 講的是一種行動，第二句講的是一種狀態。我們告訴別人我上個月在日本，是指狀態，重點不是我那時在日本旅行。

❹ 你何時會到辦公室？

（×）When will you come to the office?

（○）When will you arrive at the office?

你何時會到辦公室？用 arrive at 較準確，因為 come 會讓人搞不清楚是指出發的時間，還是到達的時間。

❺ 你要不要待久一點？

（×）Why don't you stay more time?

（○）Why don't you stay a little longer?

雖然中文說多留一點時間，但譯成英文還是要說 stay longer。

❻ 我 7 天前就送出包裹

（×）But I had sent the parcel to you for 7 days.

（○）But I sent the package to you 7 days ago.

把包裹送出去，是在某一個時間發生的事實，發生就已完成，沒有延續性，不必用完成式。

❼ 你之前的工作經歷？

（×）What working experience did you have before?

（○）What prior work experience have you had?

工作經驗用 work experience，不用 working experience。問人之前的工作經驗，因工作經驗是**發生在過去某一時間，並持續至現在**的事用完成式。

說好的春燕呢？

報紙常用燕子說景氣，英文有沒有相對的字眼呢？

之前在 Bloomberg 看過一篇文章 "Buy China" Pesticide Withers Those Green Shoots（「買中國貨」這劑殺蟲劑讓復甦的經濟枯萎）。Green shoots（綠芽）本來是一個園藝詞彙，90 年代初經濟蕭條時期，英國財政大臣諾曼・拉蒙特（Norman Lamont）在一次會議中表示：The "green shoots" of economic spring are appearing once again.（經濟的春天就要來臨，「綠芽」又復甦了。）

因此，綠芽一詞衍生出經濟出現復甦跡象的含義，成了熱門詞彙。21 世紀初的金融危機，綠芽又重新崛起，但這個詞卻遭到不同程度的抵制。

The term "green shoots", which sprang into the lexicon during the recession of the early 1990s, is back like a weed. Readers agree it must be stomped out.

紐約證券經紀公司分析師認為，green shoots 的本意為植物發芽抽枝，就目前的經濟形勢而言，只有微弱成長，相當於植物種子在土地之下的生長，綠芽尚未萌發。多數美國人也認為這個字太簡單，頗有粉飾太平的意味。

有沒有更好的詞，把人們現在對經濟成長的渴望一語道破？美國全球經濟頻道 CNBC 曾經在網上發起投票活動，鼓勵網友提議並評選出最適合替代 green shoots 的表達字彙。選項以及票選結果是：

CNBC Poll: Tell Us What You Think

Which term do you prefer to replace "green shoots"

Meadow Muffins 28%	████████
Lighter Shades of Gray 16%	███
Breaks in the Clouds 16%	███
Hope Buds 11%	███
Groundhogs 8.1%	██
Fertilizer 7.9%	██
Bamboo Roots 6.4%	█
Veronisas 3.4%	■
Line Drives 2.5%	▮
Auroral Arcs 1.2%	▌

票數最高的一個詞是 meadow muffins（牛糞、肥料），占總票數的 28%。 We could say the market has dropped meadow muffins in hopes of a strong recovery. <u>經濟市場已經灑了肥料</u>，繁榮指日可待。這樣說，還滿有創意的吧！

也有人提名 bamboo roots（竹子的根），因為竹子的根要在地下生長 3 至 5 年之後才會破土而出，與當前的經濟形勢不謀而合。（Bamboo roots grow underground for 3 to 5 years before they start breaking ground and shooting for the sky!）

還有人提議 auroral arcs（極光弧）。 極光弧特徵是，短暫增亮，隨後很快衰減。同樣和「光」有關的是 a lighter shade of gray（灰色的淡影），意味著微弱的陽光已經照射進來，投下了淡淡的陰影。

而另一個富有創意的詞是 groundhogs（土撥鼠）。 土撥鼠能夠預測春天還有多遠。人們相信，每年 2 月 2 日，土撥鼠會走出洞穴，如果天氣晴朗，牠看到了自己的影子，就預示著冬天還將持續 6 個星期；如果烏雲密布，牠看不到自己的影子，就表示春天很快就會到來。

「結婚」只有一下子

你說對了嗎？

He _____ here for five days.

1. has come　　2. has been

一位讀者寫信來問："I have married for 6 years."（我已經結婚 6 年了。）這句話有文法上的錯誤嗎？

答案是，有錯。這個問題問得好，讓我們有機會認識這一種英語錯誤的類型。

英文最複雜的是動詞，幾乎是搞定動詞，就搞定一切！為了看清這類錯誤，要請大家先來造幾個句子：

我已經進這家公司 3 年了。

我可以借這本書 1 週嗎？

會議開始一陣子了。

如果你的答案如下，那就錯了：

（×）I have joined the company for three years.

（×）May I borrow the book for a week?

（×）The meeting has started for a while.

英文動詞裡有一類叫作「瞬間」動詞。這類動作一旦發生就完成，不會持續。像結婚（marry）、加入（join）、開始（begin / start）、到達（arrive）、借（borrow）、買（buy）、死（die）都是。

我 3 年前加入這家公司，"join" 這個字一旦「加入」就加入，不可能 3年時間不斷地加入。所以應該說：

I joined the company three years ago.

或是 I have been with the company for three years.

borrow 也一樣，「借」在某一時間點就會完成，不可能整週一直都有借的這個動作。若要指借一整個星期，要用 keep。

May I keep the book for a week?

start 這個字也是，一旦「開始」這個動作，就完成了：

The meeting has been on for a while.

此外，有另一類動詞是會一直「延續」的，例如：工作（work）、學習（learn）、閱讀（read），很明顯都是延續的動作。

先前讀者提問的那一句，應該怎麼說才對呢？

I have been married for 6 years.

married 從原來 have married 變成形容詞 been married，講的是處在結婚狀態已經 6 年。

現在就來測一測你是不是真的懂了。下面這些句子應該怎麼說才對？

（×）He has died for three years.（他死了 3 年了。）

（×）He has come here for five days.（他來這兒 5 天了。）

（×）She will fill in for me while I leave.（我請假期間，她會代理我的職務。）

看出來怎麼說才對了嗎？

（○）He has been dead for three years. 或 He died three years ago.

（○）He has been here for five days. 或 He came here five days ago.

（○）She will fill in for me while I am away.

41 別動不動就問 how much?

英文要怎麼說「便宜」才恰當呢？

1. It's cheap.
2. It's a good bargain.

美國一家知名公司徵才面試的問題是：How much is two plus two?（2 加 2 是多少？）

一位數學系畢業的應徵者不假思索地回答：Four.

一位經濟系畢業的應徵者沉思很久回答說：About four.

而當一位主修法律準備當律師的應徵者被問到這個問題，胸有成竹地反問道：

How much do you want it to be?（你想要得多少呢？）

這是個笑話，我們今天來看看 how much。大家都知道 how much 是「多少？」帶有 how much 的問句最好是能不用就不用，因為這有打探他人隱私之嫌。就算老外不在乎，也可能會有令人尷尬的後果。

比如到朋友家作客，你看到一件漂亮的家飾，你順口問這東西 how much，人家告訴你 ×× 美元。你怎麼接下去呢？

如果你說 expensive，似乎在說人家買貴了，是冤大頭；如果你說 cheap，又似乎貶低了人家的欣賞品味。

how much 和 cheap 合在一起，就更容易出糗了。

來看一段對話，how much 帶來的小困擾，有個老外買了個小紀念品，他的老中朋友問他 how much：

老中：How much is it?（這多少錢？）

老外：You guess.（你猜猜看。）

老中：I guess it should be 200 yuan.（我猜 200 元。）

老外：No, it's only 20.（只要 20 元。）

老中：What? Only 20 yuan? It's so cheap.

老外：No, it's not, it's so good.

老外才不承認他買的東西 so cheap，是因為他不想讓別人認為他買的東西沒有價值。中文說很便宜，不見得是貶意，但英文裡是。

（×）It's cheap.（cheap 有便宜、品質不佳的意思。）

（○）It's a good bargain.（很值得。）

外國朋友請你吃飯，吃完了飯結帳，你也別太好奇問人家 how much。當然，how much 更不宜用來問他人的工資、房租、體重，尤其是體重，屬於高度個人隱私，打聽不得。

我見到過老外被問到這類 how much 問題時，用開玩笑的方式打馬虎眼擺脫窘境：As much as you may think.

這句話可以學起來！

4招妙英文
化解尷尬場面

跟對方說幫不上忙，比較適合的說法是：

1. I will try whatever I can.
2. I'm sorry I can't help you.

西方人和我們溝通的重點不太一樣。跟外籍人士學英文，或是看各類的影集節目，學到的「溝通策略」比「文法單字」更寶貴。下面是一些常見的溝通方式，學起來，下次你也可以這樣用。

❶ Hi, ××× 經常喊對方的名字

（1）喊對方名字

想想你與同事怎麼打招呼？多數人見面時，都說：「早！」、「再見！」、「先離開了！」很少喊對方的名字。辦公室裡的老外看到你打招呼，一定會喊出你的名字，"Hi, Lily." "Hi, Jason." 名字一喊，雙方距離就拉近了。試試看，喊對方的名字，更強化人際關係。

（2）說自己的名字

Nice to meet you, Jeremy Lin.（你好，我是林書豪。）老外打招呼一定先喊自己的名字，為什麼？這樣一來，對方就可以喊你的名字了。展覽、國際會議場合，經常會遇到半生不熟的人，這時先說自己的名字，讓別人及時可以寒暄，避免尷尬。

❷ but 先「讚美」，再講「不過……」

西方人對你給他們建議，多半不會馬上拒絕。就算不想採納，通常也會客氣地說：It's a good idea, BUT not a full solution.（你的主意很好，但不見得能完全解決問題。）

西方人婉拒別人邀請，也這麼用。Thank you for asking, BUT I already have plans tonight.（謝謝邀請，但我今晚有事。）

有時也把 Let me think about it. 作為緩衝或推辭的藉口。

❸ humor 以自嘲的方式解圍

西方人遇到難堪情境，也能泰然處之，甚至以自責或自貶的方式，一笑了之。例如：老闆帶著責備的口氣說：You miss the deadline.（你沒有按時交差。）屬下也會冷靜以對：Yes. I'll make sure I meet the deadline next time.（是的，我下次一定準時。）

在遇到自己犯錯時，也會說：I goofed it.（我做錯了。）在遇到自己笨手笨腳做不好一件事時，也會說：I am all thumbs today.（我今天笨手笨腳的。）

上班遲到，老闆質問時，他會說：You are right. I need to allow myself more time next time.（是啊，我下次得把握時間。）

遇到別人做錯事，他們往往也會寬慰地說：Don't worry, it happens sometimes.（不要緊，這種事情有時會發生。）

④ politically correct 還有沒有更好聽的話

西方人與人交往少用消極語氣（即句子裡不含 no 或 not）。 你請他幫忙，就算幫不上忙，也會說：I will try whatever I can.（我會盡力。） 而不用 I'm sorry, I can't help you.

老外善於創造一些「賞心悅耳」的字眼。例如：醜不說 ugly，而稱之為 homely；胖不說 fat，而說成 heavy-set；家庭主婦不說 housewife，而說成 homemaker；智能不足不用 retarded，而用 mentally challenged 等。

英語道地
的配方

「我請客。」英文你會怎麼説？

Let me pay it for you. 在 HBO 電影裡常聽到的説法是：I am buying. / This is on me. / This is all my bill.

講 Let me pay it for you. 當然也可以，但這一章，我們的重點是從講英文對不對，進化到講英文有沒有 "fu"。英文道地的配方，其實很簡單，用簡單的字、用動詞、用片語、用俚語、用傳神的小字──就這麼簡單。

SECTION 43　背起來！10 個英文常用語

你說對了嗎？
接電話：
_____ the telephone.
1. Answer　2. Receive

假如你講英文，常常「詞窮」，例如：「我送你到門口」，這「送」究竟是怎麼個送法？查一下字典，送可以用 give、deliver、send、see... of，但你一定找不到 walk 這個字。Walk someone to the door（送某人到門口）是固定搭配，英文叫 collocation（搭配語）。

collocation，指同時出現或搭配在一起用的字。受中文思維影響，逐字由中文譯成英文就會造成錯誤搭配。底下是 10 個常用的英文搭配用法，試試看你答對了幾個？

❶ 攻讀碩士學位

（×）study a Master's degree
（○）do a Master's degree

❷ 我送你到門口。

（×）I'll send you to the door.

（○）I'll walk you to the door.

❸ 養成習慣

（×）rear a habit
（○）form / develop a habit

❹ 舉個例子

（×）raise an example
（○）give an example

❺ 接電話

（×）receive the telephone
（○）answer the telephone

❻ 我參加了一項考試。

（×）I join the examination.
（○）I took / sat for the examination.

❼ 開燈

（×）open the light
（○）turn on the light

英語道地的配方

❽ 可以借用你的電話？

（ ✕ ）May I borrow your telephone?

（ ◯ ）May I use your telephone?

❾ 享有八折優待

（ ✕ ）enjoy a 20% discount

（ ◯ ）get a 20% discount

❿ 我不懂你的意思。

（ ✕ ）I don't understand your meaning.

（ ◯ ）I can't follow you.

SECTION 44

6個簡單片語，英文活起來

忙了很久，現在閒了，英文叫作：

lead time / downtime / between jobs

如果你的辦公室常有老外，下列句子保證三天兩頭聽得到；而且，如果你還是《商業周刊》「戒掉爛英文」專欄的長期讀者，以下英文字保證沒有一個你不認得。

但問題又來了，你從來不會這樣用。

學英文要「活」，讓英文活起來的竅門就是不用難字；簡單字也可以組合出聽起來很聰明的英文。

❶ on top of that

老外很喜歡用這個字，這個片語大概可以解釋為「除此之外」，或是「更重要的是……」。例如：The unemployment rate is rising, and on top of that, factory orders are also down.（失業率增加了；除此之外，工廠的訂單也減少了。）

❷ stay on top of

stay on top of something 指一直努力表現到最好，想把英文講好，也可以說成是 stay on top of English at work，又或者 I've been working very hard to stay on top of my work.（我一直很努力將我的工作做到最好。）

❸ on the ball

on the ball 源自於運動場。當你 on the ball，就得警覺一下自己是否掌控好該做的事。Make sure you are on the ball with those reports.（確定你這些報告沒問題。）相反的，drop the ball 意思是你沒有完成任務，並讓和你一起工作的人失望了。

❹ get the ball rolling

get the ball rolling 意思是開始做一件事，而且讓它可以很順暢地運作。Let's get the ball rolling on this project.（我們開始展開專案吧！）如果這件事情已經進行到一半，你還可以用 keep the ball rolling 表示維持運作順暢。

❺ multitasking

一個人當三個人用，這大概是老闆最喜歡用的人才。英文有一個字用來形容這種人，叫 multitasking，意思是能同一時間完成多項任務。This week we need you to write a report, make a presentation, and review last year's earnings. I hope you can multitask!（這週你得寫一份報告、做一份簡報、看去年營業報表，希望你能一次完成多項任務！）

⑥ downtime

沒有多少工作要做，或者你有工作只是不像先前那麼忙，這樣的時段就稱作 downtime。If you have some downtime this week, please brainstorm some ideas for our new marketing plan.（如果你有一些時間，就一起腦力激盪我們新的行銷計畫吧！）

讀完這篇，把上面幾句英文，非得想辦法找一個場合說出來不可。英文，只有說出來才是你的！

學起來！7句對話中最常見的英文俚語

不要被似是而非的句子搞混了：
- If you think he is a good man, think again. 他是不是好人？
- He does not begin to speak English. 還沒開口嗎？

很多人都說，實際跟老外溝通後，才發現原來「讀英文」及「說英文」根本是兩回事，特別是教室裡教的英文，跟美國人實際生活上所使用的英文，有些差距！

美國人生活上所使用的英文則很活，融合了很多「流行語」及「俚語」，也就是 street Talk 及 slang。想想你和朋友在一起，不也喜歡用一些流行字眼：很夯、很囧……

要進入真正的英文對話實境，我們先從把以下這幾句話變成口語開始！別照字面意思翻譯，否則誤會就大了。

❶ You might think you know me, but you have no idea!

（×）你以為你認得我，其實你沒想法。

（○）你以為你認得我，大錯特錯。

這句話出於電影《鯊魚黑幫》（*Shark Tale*），是主角奧斯卡（Oscar）最常用的開場白。**You have no idea.** 常出現在老美對話中，意指對方錯了，而且是錯了還不自知的那種錯。

❷ If you think he is a good man, think again.

（×）如果你以為他是好人，再想一遍。
（○）如果你以為他是好人，那你就錯了。

think again 原來的意思是「再想一想」，但語意不清，即使「再想一下」又能怎麼樣呢？這是說話人認為對方錯了，叫他 think again 只是用委婉的口氣指出這一點。

❸ He does not begin to speak English.

（×）他還沒有開始講英文。
（○）他一點也不會講英文。

英文裡表示「一點也不」的片語很多，像 not at all / anything but / far from / in no case / not a bit 等多得不得了。較少知道 "not（even）begin to" 也可以表達「一點也不」的意思。

❹ She's really green, she looks nervous.

（×）她臉都綠了，看起來很緊張。
（○）她是新手，看起來很緊張。

句子裡 green 是新手、沒有經驗，不是「綠色」的意思，也不是「生氣」的意思，是「新手、沒有經驗」的意思。

❺ He has no call to feel superior.

（✕）他沒有打電話感覺比別人好。

（○）他沒有理由覺得自己比別人好。

句子裡的 call（名詞），意為「必要」、「理由」，作此解時一般用於否定句和疑問句，no call 是沒什麼道理。

46

10句對話！
不看字幕也懂HBO

電影上的對話好像和我們一般學的不太一樣，想想「這是最重要的事」，不用 It is the most important thing，還有別種說法呢？

「停電」除了 No electricity. 以外，還可以怎麼說？

你覺得要聽懂 CNN 比較難，還是 HBO？其實都不容易，而且要聽懂的訣竅還大不相同。聽懂 CNN 要有豐富的背景字，商業、政治、戰爭、城市的名字、人的名字⋯⋯，耳朵要認那麼多字確實不太容易。那 HBO 的電影呢？用字也許不那麼難，難的是這些字經常不是我們以為的那個意思。

我們一起來看看教科書中不容易見到，而卻又是老美日常生活中最鮮活的語言。

❶ 我請客

我們常用 pay 這個詞，如：Let me pay it for you. 在電影裡常聽到的說法是：I am buying. / This is on me. / This is all my bill.

❷ 放輕鬆

我們常用 comfortable 或 Don't be nervous. 今天再學一個簡單的片語 at ease。ease 的形容詞是我們熟悉的 "easy"，簡單的意思。at ease 是叫人放輕鬆。口令裡的「立正」叫作 attention!「稍息」就是 at ease。叫人 stay at ease 就是讓人放輕鬆，不要緊張。

❸ 最重要的事

你會怎麼說呢？the most important thing 嗎？看這個吧！It's on the top of my list.

❹ 停電

No electricity? 其實提到「電」，老外更多是用 power，停電就可以是 There is a power failure. 或 Power goes out、Our power's been cut、We have a blackout. 停電還會持續幾天，可以這麼說：The power shortage is gonna last for another couple of days.

❺ 我不是傻子！

I am not a fool? 對。但再看這個：I am no fool. 比上面的只少兩個字母，但是不是感覺不一樣？同樣的道理，我們常說 I have no idea，而不常說 I don't have any idea.

❻ 自找的、自作自受

我們熟悉的說法是 deserve，但在 HBO 影集，特別是法律影集裡，我們經常聽到 He had it coming. 他自找的、他罪有應得。It's too bad he got fired, but he sure had it coming.（他被解職了，但顯然是自找的。）

❼ 收買某人

有個比較正式的詞叫 bribe，當名詞時為「賄賂」的意思，動詞時就有「收買」之意。既然提到了「買」，那麼我們能不能用上 buy 呢？當然，那就是 buy somebody off。

❽ 適合的顏色

She knew purple was her color.（她知道紫色是她的顏色。）更好的說法是：她知道自己最適合紫色。Then, what's your color?

❾ 看在上帝的份上，你就……

兩種說法：其一是 for the love of God；另外則是 for God's sake（sake 的意思是緣故、關係）。後者更常用。

❿ 打招呼

問人怎麼了，除了 What's going on? 之外，老外也用 What's up? 或 What gives? 相當於「怎麼回事？」、「怎麼了！」、「怎麼回事啊！」、「發生什麼事了！」、「你好嗎？」又可打招呼，又可詢問狀況的意思。

要 social 就不要 so-so

想表達「普普通通」的感覺，除了 so-so 以外，還有哪些用法呢？

你常常說 so-so 嗎？當心，這個口語太容易讓你成為「言語無味」的人！

好幾個老外都說，常常在台灣或中國，不時就會聽到 so-so。比如：

問：How are you doing?（近來如何？）
答：So-so!（普通。）

問：What do you think of the movie *"Rise of the Planet of The Apes"*?（你覺得《猩球崛起》這部電影如何？）
答：So-so!（還可以。）

問：How do you like the food?（你喜歡這餐點嗎？）
答：So-so!（還可以。）

用 so-so，老外可能也知道意思，但他們多半不會這麼用。

交談就像丟球、接球，要讓話能夠講得下去，這就是英文裡說的 "keep the ball rolling"，講話的雙方都有責任，so-so 就像是在終結談話，讓人很難接話。

多數人談話的時候，都期待 "strong opinion"，要嘛很好，要嘛不好；或者喜歡，或者不喜歡。接下來才有話題繼續聊下去。像 "so-so" 這樣的回答，在英文裡有一個形容詞，叫 non-committal，就是態度模稜兩可、不表態。它讓人覺得你這個人「言語無味」，還是快閃吧！繼續跟你談下去，要悶爆了！

當然了，so-so 不是完全不能用，它與中文的「一般」、「馬馬虎虎」的意思相近。韋氏字典的解釋是：so-so: moderately well, tolerable. 還可以、勉強過得去。

它可以當形容詞，也可以當副詞。以下來看一個例句：

The proposal we reviewed yesterday was just so-so. It wasn't too bad – it was pretty funny in spots.
（昨天看的那份提案只是普通。不是太糟，偶爾會出現有趣的點子。）

另外有一個片語叫作 So and so，這和中文裡面的「某人」、「某事」很像，例如：

Never mind what so-and-so says.
（別管某某人怎麼說。）

假如你不用 so-so，但仍然想誠實表達「普普通通」的感覺，用 OK、not bad、not too good，或 nothing special、average 都可以。

從現在開始，多增添一點變化，讓你的英文不會索然無味唷！

外國人的笑話 很難笑？

猜猜看：

cook for fun 和 feel at home 分別是什麼意思？

許多人常說聽不懂外國人的笑話，奇怪的是並不是不知道老外在說什麼，但就是不知道笑點在哪兒；換句話說，就是聽不懂這笑話的「哏」，哏就是所謂的 punch line，是要再轉一個彎才能理解的。我們在電影或是生活中，聽老外幽默一番時，這種「轉個彎」、「玩文字遊戲」常常就會卡住。現在，就來看看幾個會讓你卡住，但老外聽了都會大笑的「哏」吧！

❶ Stock Market 股市笑話

Wall Street had just voted him Man of the Year. But unfortunately, the year was 1929.

（華爾街才剛剛票選他成為年度風雲人物。不幸的是，這年度是指 1929 年。）

這句話會笑翻一屋子的老美，也需要一點背景知識才聽得懂。1929 年華爾街股市大崩盤，許多投資人被逼得要跳樓，接著而來的是 1930 年代的經濟大蕭條。因此這裡的 Man of the Year 其實是把整個團隊拖垮的人。

He made a killing on the stock. He shot his broker!

（他在股市裡賺了一票。他殺了他的經紀人！）

看起來好像沒笑點，搞不清這兩句有何關聯。問題在 killing 和 shot 這兩個字。make a killing 是「財運亨通」的意思。在第二句中，你就會發現這個 killing 是個雙關語，He made a killing on the stock by killing his broker. 殺了他的 broker（股票經紀人），反而賺了一筆，也就是暗指這個經紀人發揮不了任何作用。

❷ Cooking 烹飪笑話

Where there is smoke, there is toast.

（無風不起浪；事出必有因。）

一般我們的線性思考會想成是 Where there is toast, there is smoke. 先烤吐司，才會有煙。但這一句可愛的地方就是剛好相反──你看到遠處冒煙了，不是失火，而是我們家又有人在烤吐司了。

His wife cooks for fun. For food they go out to a restaurant.

（他太太只是煮「興趣」，要吃飯得上館子。）

西方女權意識的抬頭比東方早了許多。也因為女人的角色有了轉換，這個空間就容易讓人來大做文章。現代女性不擅廚藝，理所當然，但背後又有一番和「女主內」刻板印象落差的趣味。這樣拐彎抹角的趣味就常出現在西方的笑話中，而女性在廚房中笨手笨腳便成了揶揄的對象。

❸ Chat-ups 搭訕笑話

Man: Is this seat empty?

Woman: Yes. Oh, and this one will be too if you sit down.

（男士：這位子是空的吧？）

（女士：是的。噢，你坐下後我這個位置也會空出來。）

這是從動作的敘述「我的位子也會空掉」，還加了一個假設句，暗指「我目前並不想看到你」。（一般老外會用 Is the seat taken? 這位子有人坐嗎？這裡用 empty 也想小用一下幽默感。）

Man: I'd go to the ends of the world for you.

Woman: Ok. But would you stay there?

（男士：我願意追你到天涯海角。）

（女士：那你願意待在那兒嗎？）

在搭訕類的笑話裡，男性通常就比較居於弱勢了。女性通常都是高高在上、竭盡所能地挖苦對方。

❹ Hospitality 待客之道的笑話

Guest: I must leave now. Don't trouble to see me to the door.

Host: Oh, it's no trouble. Actually, it's a pleasure.

（客人：我得走了，別麻煩送我了。）

（主人：不麻煩，是樂趣。）

Host（主人、接待者）回應的巧妙之處是 trouble 這個字在句型轉換後，it's no trouble... 和 it's a pleasure 的對比，言下之意是很高興將客人終於要走了。

A good host is someone who makes his guest feel at home even when he wishes they were.

（好的主人是讓客人覺得好像在自己家裡一樣，就算你真的希望他們趕快回家。）

這句要抓到的是 feel at home（感到賓至如歸）和 be at home（待在家）的意思。一位好主人的定義是：就算你希望客人現在立刻回家，你還是要試著讓對方感到賓至如歸。你應該可以從這些笑話嗅出西方對於 hospitality 的看法。沒有真正無條件的待客之道，當主人告訴你 Please feel at home. 的同時，也是在宣告 This is my home.

看完上面例子可以發現，其實有些文化，中西方還是滿雷同的。下回再有老外說笑話，你就知道哏在哪裡，也就笑得出來囉！

CHAPTER
4

英語道地的配方

wise 讓你英文變聰明

用 wise 造兩個句子：
● 論事業，她進展順利。
● 就成本來說，這計畫不大可行。

很多人說不知道為什麼自己講英文總覺得拘謹。確實，在日常閒談時，我們不敢或不會像 native speaker（中譯）那樣自然地運用一些「出格」的詞來加強意趣。

先來看幾個熟悉的例子，likewise（同樣地）、otherwise（不然的話）、clockwise（順時針方向的），它們都以 "-wise" 作字尾，似乎沒什麼特別的，可是這個小小的詞綴到了老美口中，居然就「神」了。

他們很靈活地用在像 strategywise（從策略上說）、weatherwise（以天氣而言），雖不正式，但在生活中卻屢見不鮮、生機勃勃。

記者或評論家尤其愛用，比如：dollarwise（就美元而言）、Pandawise（在熊貓方面）、profitwise（從利潤方面來看）等，有一種即興趣味。

有人開玩笑說：

I like this house locationwise, but rentwise it's beyond me.
（這幢房子的地點我倒喜歡，但我付不起房租。）

已故美國共和黨參議員埃弗雷特・迪克生（Everett Dirksen）有一次對記者說：

Timewise, I've reached the age of 70, but ideawise or lookwise, I'm still 50 or less.

（生理上，我的年齡是 70 歲，但想法和外貌上，還不到 50 歲呢！）

Wise 是「就……而言」的意思，來讀幾個例句：

A：Do you think our products are competitive enough for an international market?

（你認為我們的產品在國際市場上有競爭力嗎？）

B：Pricewise yes, but in terms of service over a long period of time, I would say no.

（就價格來說，是有的，但就長期服務來說，我認為沒有。）

Careerwise, she is getting on well.（論事業，她進展順利。）

The plan is not quite feasible costwise.（論成本，這計畫不大可行。）

wise 這類用法很口語，要正式可以改成 "in terms of"，例如：

The plan is not quite feasible in terms of costs.（論成本，這計畫不大可行。）

In career terms, she is getting on well.（論事業，她進展順利。）

wise 作字尾，還有「朝……方向」以及「和……相似」兩個意思，例如：

Turn the lid anticlockwise to open it.（把蓋子朝反時針方向扭開。）

He walked soldier-wise.（他走路像行軍。）

不只手機，英文也能 touch

猜猜看，這些片語分別對應哪個中文解釋？
touch base with / touch-and-go / the common touch
1. 危急的、不確定的；2. 和……聯繫；3. 平易近人的親和力

你如果是個手機愛好者，一定對「touch」這個字非常熟悉。這個字看起來沒什麼大不了，但蘋果（Apple）可是用這個字開創了全新的使用者介面。其實，透過 touch 這個動作的意象，可以衍生出許多更有畫面的英文表達。

❶ touch base with... 和……聯繫

I'll **touch base with** him on this issue.（在此事上我會與他保持聯繫。）

當聽到 touch base 千萬不要以為對方是在說「上壘」的意思（touch the base 才是上壘）。touch base with sb 其實就是告知相關人士的另一種更口語的說法。這裡的 base 是「基地、基礎」，touch base 應該就不難聯想是「把一件事情的狀況告訴相關人士」。

❷ touch-and-go 危急的、不確定的

Things were **touch-and-go** at this enterprise until a new CEO took office.

（在新執行長接任前，這家企業充滿不確定。）

人們聽到 touch-and-go 這個片語會猜到什麼意思？回答都很有創意：
「蜻蜓點水般地做測試」、「碰一下就要走……立即離去」、「輕易把對方
摔倒」等。

你是否曾在懷舊電影上，看到馬車車夫在路上比快的情節？那麼你的腦
海中應該會有這個畫面：車輪常會有磨損，甚至要支解的狀況，這時候
車子會靠著碰觸到地面的摩擦力而顛簸前進，這就是 touch-and-go 的
狀況──危急的。

❸ the common touch 平易近人的親和力

He is definitely a very capable minister, but he lacks **the common
touch** with the people.（他絕對是有能力的首相，但缺乏親和力。）

the common touch 這個表達從字面上幾乎就可以猜出答案，它就是指
和一般大眾接觸時展現出的親和力，特別用在社經地位較高的官員或皇
室成員。

❹ touch down 著陸、登陸、觸地得分

Our plane **touched down** in London before the dawn.（我們的飛機
在黎明前降落倫敦。）

相信大家都學過 land 是飛機著陸的意思。但是當別人說 touch down 的
時候，你可別聽得一頭霧水！ Touch down 就是「接觸地面」的意思。
用於航空上，就是「著陸」；氣象上是「登陸」；在英式足球（rugby）
中則是「觸地得分」的意思。

相信學會了 4 種 "touch"，你的表達能力又擴展了！

一定要知道的 5朵 cloud

猜猜看 clouding agents 是什麼意思？
1. 起雲劑　2. 雲端仲介

cloud 這個關鍵字最近不斷在大大小小的媒體中出現。現在，請回想你腦海裡的英文字句庫，是否只有 It's very cloudy today. / The sky is covered with dark clouds. 這類國中生句子，或是老派到不行的 Every cloud has a silver lining.（天無絕人之路。）那麼，你一定要補齊下面這 5 個「cloud 家族」相關用字，利用「雲」這個意象學到更多新字和表達！

❶ on a cloud / on cloud nine 如雲般輕飄飄的開心感

My daughter has been very happy since I promised her an iPad 2.
→ My daughter has been **on a cloud** since I promised her an iPad 2.
（我女兒很開心因為我答應送她 iPad 2。）

這裡用 very happy 並不是不對，但是如果你還想要更進一步傳達「輕飄飄的、像騰雲駕霧般地開心」，on a cloud / on cloud nine 就是個很漂亮的表達。

❷ under a cloud 被懷疑了，有如烏雲罩頂

It was the second time the mayor had left the government after being suspected of wrongdoing.

→ It was the second time the mayor **had left the government under a cloud**.（這是市長第二次因遭人質疑而下台。）

當我們一想到「被懷疑」，就會直接反應出 suspected 這一類的字。但是，如果你要說的是那種「會被懷疑、烏雲罩頂」好一陣子的狀態，最精準的用法就是 under a cloud。

❸ cloudy 狀況像灰濛濛的雲般不明朗

The future of world trade is bad.

→ The future of world trade **looks very cloudy**.

（世界貿易的未來並不樂觀。）

當我們談論、評估未來時，要盡量避免用斬釘截鐵的字。像 bad / good 就是一種很極端的形容詞，會讓自己的說辭毫無退路。cloudy 這個字用在這裡恰恰好，不會把話說死，但也可以清楚表達未來的「黯淡、不明朗」。

❹ clouding agents 起雲劑

Clouding agents are a type of food additive used to make beverages more cloudy, and thus more natural-looking and visually appealing.

（起雲劑是一種添加物，讓飲料看起來更自然美味。）

相信大家都聽過「起雲劑」這個名詞，但可能不知道它的英文怎麼說。clouding 是指讓食物看起來「更自然、更好看的過程」；agents 和「仲介」的意義有些連結，一語道破，它就是「化學藥劑」。

❺ cloud computing 雲端運算

<u>Cloud computing</u> refers to the use and access of multiple server-based computational resources via a digital network.
（雲端運算是指藉由數位網路在不同伺服器進行存取。）

cloud 這個字和「網路」的聯想是近兩年的產物，你絕對要知道。所謂的「雲端」要傳達的就是「網路」的意象，而「雲端運算」的概念就是利用網路連結不同電腦，使各種服務更無遠弗屆。

一個字，兩樣情

> I can see many homely faces here. 是誠摯的臉，還是粗鄙難看的臉？
>
> Table a motion. 是要提出動議還是要擱置它？
>
> 難就難在，都可以！

英文的單字，一個字常常有好幾個意思，也造成一個句子會有好幾種意思。不熟悉那個文化，就沒辦法從情境中判斷某字的確切意義，誤會因此產生，很多在外商公司工作的人，應該心有同感吧！我們來看看幾個例子：

❶ homely——是討厭還是討喜？

有一回英國大文豪狄更斯（Charles Dickens）應邀到美國主持一場講座，當他說到：I can see many **homely** faces here.（我在這裡看到很多誠懇真摯的面孔。）

話還沒講完，就有人憤然離席。問題出在 homely：狄更斯的本意是「誠懇真摯」（simple and plain），這是英式英語；但 homely 在美式英語中卻有貶義，意思是「粗鄙難看」（ugly; not attractive or good-looking）。

歧義有時也發生在一字多義的情況下，例如：She can't bear children.
"to bear" 可譯為「生育」，又可解作「忍受」。所以，她到底是不能生育，還是不能忍受孩子？

❷ table──是要討論還是不討論？

table，這麼簡單的字，不會錯了吧！

這個顯淺的英文字用作動詞時，曾使英、美的政治家發生爭執。原來 table 當動詞有兩個意思。第二次世界大戰後，英、美都是戰勝國，1964 年，雙方召開裁軍會議。

當英方代表提出要 "Table a motion." 美方代表竭力反對。雙方爭論不休。

最後美國官員說：But it's a very good motion. Why do you want to **table** it?（但這是一個很好的動議，你們為什麼擱置？）

英方代表這才恍然大悟。原來雙方的觀點一致，都打算討論這個提案。這場不必要的紛爭，只因 table 這個動詞有兩個相反的意思。

英方代表原先說的 table a motion，解作「討論動議」；然而，在美式英語卻解作「擱置動議」，即是「不討論動議」。

老英和老美都有這類誤解了，更何況離西方文化更遠的老中？我們常常說英文容易，想到這點的時候，不得不承認英文是有點難！

53 表裡不一的英文字

這兩個句子不夠好，你有沒有更好的選字呢？

His debut novel **was sold well** and continued to top the bestseller list.

In business negotiation, we shouldn't **be forced** to accept all the demands from our clients.

英文最怕的就是表裡不一的字。

在英文中有一大群看似「主動」，實為「被動」的字。「賣得好」用 sell；「由……組成」用 comprise；「退讓」用 yield to；「委任」用 fall to；「中計」用 fall for...。在這些中、英文字裡，你看不到一個「被」字，也沒有出現被動（be 動詞＋過去分詞）用法，但全部隱含著被動的意義。

以下我們就用一些例子來搞定這些表裡不一的英文字。

❶ sell 賣、出售

His debut novel <u>**was sold well**</u> and continued to top the bestseller list.

→ His debut novel <u>**sold well**</u> and continued to top the bestseller list.

（他的小說處女作賣得很好，持續穩坐暢銷書冠軍。）

❷ comprise 由⋯⋯組成

The committee **is comprised of** representatives from the public sectors.

→ The committee **comprises** representatives from the public sectors.

（委員會由政府部門代表組成。）

❸ yield to 被迫接受、退讓

In business negotiation, we shouldn't **be forced to** accept all the demands from our clients.

→ In business negotiation, we can't just **yield to** all the demands from our clients.

（在商務談判中，我們不應該一味接受客戶的要求。）

❹ fall to 被指派、委任

Everyone else on the overworked staff was relieved when the task of handling the new project **was assigned to** Cindy.

→ Everyone else on the overworked staff was relieved when the task of handling the new project **fell to** Cindy.

（得知新專案指派給辛蒂後，負擔沉重的成員們都鬆了一口氣。）

❺ fall for 被欺騙、落入陷阱（上⋯⋯當）

We **were all deceived by** the con artist's scheme and lost $10,000.

→ We **all fell for** the con artist's scheme and lost $10,000.

（我們都中了那騙子的詭計，損失了 1 萬美元。）

❻ forfeit 被沒收、喪失權利

If you breach the contract, you will **be deprived of** your deposit.

→ If you breach the contract, you will **forfeit** your deposit.

（若違約，訂金概不退還。）

認清楚這些字後，是不是覺得中、英文都跟著好了一點？常把英文和自己的母語比對思考，你也會有一些新奇的小發現！

簡單又傳神的英文小字

- 希望有機會可以多見面。

  I hope to see much ＿＿＿＿＿＿ you.

- 我太太不擅長下廚。

  My wife is not ＿＿＿＿＿＿ a cook.

究竟英文要講長還是講短？用字要簡單還是複雜？多數人會說：「見人見智。」這是最糟的答案，因為等於沒有答案。

學英文必經三個過程：一是見山是山，二是見山不是山，三是見山又是山。

起初你都用簡單得不得了的字溝通；單字越背越多，於是你開始用很難的字溝通；最後你發現，其實簡單就夠了。所以，如果你現在英文都講得太短、太簡單，請發展複雜的句子；如果你常常要用很多字、很長的句子才能講明白一件事，那就回歸簡單。

這篇文章是為了經常覺得自己英文講得太複雜的人寫的，怎麼從繁入簡，我們就從「小字」開始，**much (more) of...**「多；比較像是……」就是個簡單又道地的小片語，會讓你的英文出現道地感，但它們太簡單，簡單到讓人容易忽略。先試試看下面這些句子，英文你會怎麼說：

- 希望有機會可以多見面。
- 這比較像是把案子聚焦。
- 我不太懂你的意思。
- 不擅長下廚。
- 買了音效卡效果真的有比較好嗎？

下面整理出重複使用率過高的說法，和換上 much (more) of 的對照：

❶ 希望有機會可以多見面

I hope we'll have more chances to see each other, as our two companies work toward a better future.

（希望有機會可以多見面，如此一來我們雙方未來可有更好的互動。）

→ I hope to see **much more of** you, as our two companies work toward a better future.

第一句是我們會反射出的說法，但稍嫌冗長，又有些官方制式感；hope to see much more of you 是比較簡潔、親切的說法。

❷ 這比較像是把案子聚焦

It's not so much that they change the project direction. It's more about focusing on a specific issue.

（並不是他們把案子轉變了方向，這比較像是聚焦。）

→ It is **much more of** a case that they focus on a specific issue.

第二句的用法常會在新聞報導中聽到，在 much more of 後方說出這是什麼（a case），並且再加以詳述。第一句 more about... 是可以接受的說法，但如果是在書寫英文或較正式的場合，這樣的用法太隨意。

❸ 不擅長下廚

My wife is not good at cooking.
（我太太不擅長下廚。）
→ My wife is **not much of** a cook.

not good / bad at... 也是大家都用過頭的說法了。說某人不像是那塊料，not much of... 也是簡單又傳神。

❹ 效果比較好？

Does getting a soundcard really make any improvement?
（買了音效卡效果真的有比較好嗎？）
→ Does getting a soundcard make **much of** an improvement?

第一句是最安全的說法，但如果你想要再讓表達多有變化，make much of an improvement 就可以說出「有這麼一丁點……嗎？」同時點出 really 和 any 的含義。

在英文中還有哪些簡單又傳神的小字？下面再給大家一些範例：

Do they want to know every detail in the presentation?
→ Do they want to know the presentation **down to** every last detail?

You should always let the listener catch some of the best sides of the product.

→ You should always **relate to** the listener some of the best sides of the product.

Like I mentioned before, set the product up as something the customer needs.

→ Like I **touched on** before, set the product up as something the customer needs.

She was checking to see if his work was as good as expected.

→ She was checking to see if his work was **up to** par.

以後看文章時，時時留意這些傳神小字。每天找出一個，不知不覺中，你的英文會更道地。

55 一次搞定冠詞

Do you have the time?

Do you have time?

這兩個問題完全不同，你知道問題是什麼嗎？

「我喜歡馬。」這句話的英文怎麼說？你一定覺得這個問題是國小程度的英文。

先來看看你的直接反應，你會先想到 "I like a horse." 或者 "I like horses."。究竟哪一個才是對的，你可以說得出來是為什麼嗎？

嗯……也許兩個都對。這就是台灣學生容易遇到的問題：看起來都對，但是要你解釋就說不清了。

這是關於「冠詞」的文法概念。冠詞不外乎 a、an、the 三個，看起來簡單，學問其實很大。我們很容易忽略它們，因為在中文裡沒有它們的影子。不過，魔鬼藏在細節裡，每個看起來不起眼的小東西，都有其意義。

談到上述的例子，其實應該說 I like horses. 才正確。當你談的是「整體概念」，像「馬」就是，因為你並不是指特定什麼馬，就要把整體說出來，所以複數比較好。

台灣學生很容易忽略 the、a 或 an，原因在於覺得這些冠詞並不重要。其實任何文法概念都帶有一些意義。

① the

以 the 為例，它有以下 4 種用法：

① 當該名詞很重要時：the president。
② 當所指名詞只有一個時：The computer is on the table.
③ 宇宙中的唯一：the earth。
④ 聽你說話的人知道你在指什麼。

譬如：你在報紙上看到一則廣告在賣某匹馬，到了農場時，你可以說 "Can we see the horse?" 這裡的 the horse 指的就是廣告上要賣的那一匹馬。

② a / an

認識 the，當然也要認識 a。a 的概念相對簡單，指的就是單一一個。它有以下兩種用法：

① 之前不曾提過的。There's a horse in the field.
② 代表整個群體。譬如：Can I have a pen? 指任何筆，只要能寫就可以。

附帶一提複數 -s 的概念。複數當然用在數量高於 1 以上。另外，它還用在指整體概念。譬如：Do you have money? / Do you like horses? / Are there any tables in the room?

最後再舉一個例子用來說明，有沒有冠詞，意義差別很大：

Do you have the time? → 這是問人現在幾點。

Do you have time? → 這是問人有沒有空。

弄懂了冠詞，以後就不會再搞不清楚是這匹馬還是那匹馬囉！

56 讓句子瞬間活起來的介系詞

讓用哪一個介系詞呢？
I couldn't believe my ears _____ this.
With too many new words in it, this passage is _____ me.
I can help you _____ the project.
It's _____ me.

介系詞是句子中的精靈，它和動詞組在一起，會增加動詞的強度、亮度，使動詞更具動感，像 Speak up! 就比單單 Speak! 有力。

我們一起來看以下的句子，比較 A 句與 B 句，你會驚嘆介系詞的魅力與表現力。B 中出現的 at、behind、by、on、with 等都是常見的介系詞，但這小小的介系詞真的發揮了「畫龍點睛」的作用。

❶ 當我聽到這事時，簡直不敢相信自己的耳朵。

A：I couldn't believe my ears when I heard this.
B：I couldn't believe my ears **at this**.

❷ 她死後留下 6 個孩子。

A：She left six children after she died.
B：She left six children **behind her**.

❸ 如果需要幫助，就給我打電話，號碼是 **27215033**。

A：If you need help, just ring me up. My telephone number is 27215033.

B：If you need help, just **ring me up at** 27215033.

❹ 我們舉杯慶祝他的成功。

A：We raise a toast to congratulate him on his great success.

B：We raise a toast to his great success.

❺ 這段文章生詞太多，真是太難理解了。

A：There are so many new words in this passage, so it is hard for me to understand.

B：With too many new words in it, this passage is **beyond me**.

❻ 他因為 **30** 票之差輸了競選。

A：He missed election because of 30 votes.

B：He missed election **by 30 votes**.

❼ 證據對他不利。

A：The evidence is not good for him.

B：The evidence is **against him**.

❽ 我可以幫你完成這個專案。

A：I can help you finish the project.

B：I can help you **with the project**.

❾ 我買單。

A：I'll pay the bill.

B：**It's on me**.

副詞讓你英文更漂亮

請填上副詞：

全世界都在説英語。

English is spoken _____.

你説對了！

_____ you go!

他們差 3 歲。

They are 3 years _____.

有沒有「副詞說法」？

談副詞以前，先問一個問題，「全世界都在說英文」，這句話你怎麼說成英文？假如你講的與以下這幾句話神似：

The whole world speaks English.

All the people in the world are speaking English.

People are speaking English everywhere in the world.

那不妨繼續讀。

有人把副詞比作是英文裡最好的朋友，因為它總在關鍵時候派上用場。副，就是副手、助手，副詞不光襄助動詞，也能幫助形容詞、介詞、連詞、包括副詞本身。副詞在句子裡，甘居副手，不搶風頭，如果工作裡有這樣一個夥伴，誰不喜歡？

中文囉囉唆唆說不清的事情，英語用一個小小的副詞就可以解決，各種微小細膩的意思不經意便流露。

前面的那句話：全世界都在說英語。

English is spoken **worldwide**.

worldwide 就是一個副詞。假如對副詞沒有感覺，於是講起來的英文都是「大句子」。想讓英文的靈活度倍增，一起來看看幾個副詞說法：

❶ 出國

I'd like to go to a foreign country to work.（我想到國外工作。）

→ I'd like to work **overseas**.

出國工作、出國唸書（study overseas）、出國旅行（travel overseas），在動作後面加一個副詞 overseas 就好了。

❷ 說得對

You are right!（你說對了！）

→ **There** you go!

這句話經常出現在結束一段談話的時候。

❸ 差幾歲

Their age difference is 3.（他們差 3 歲）。

→ They are 3 years **apart**.

❹ 照著

He told me the circumstances and I acted. （他告訴了我一切情況，
於是我遵照辦理。）

→ He told me the circumstances; **accordingly**, I acted.

❺ 專門

This restroom is for ladies. （這間洗手間只供女士使用。）

→ This restroom is **exclusively** for women.

❻ 友善

（×）He treated me friendly. （他對我很友善。）

→ He was friendly to me.

凡規則必有例外，並不是所有 ly 都是副詞，也不是所有形容詞都有
副詞形式。friendly 是形容詞，沒有副詞形式。

4個訣竅
擺脫小學生英文

一句話可以講完的，不要用兩句，試著合併這些句子：
Mary is an engineer. She works for an on-line game company.
The man is making a phone call. He is my boss.

很多人都說，不知道自己的英文到底哪裡出問題，總是只能造出短短的句子；錯是沒錯，但聽起來就是像小孩子的英文。

「小學」的英文，除了 elementary school 之外，也可以用 primary school。英文的簡單短句，就叫 primer，從這裡就可以理解 primary 的意思。短句並無不對或不妥之處，但太多短句可能會讓聽的人覺得，他們是在跟幼稚園或小學一年級程度的人對話。

短句不是不好，要用得恰當。來看幾句 slogan：

運動品牌龍頭耐吉（Nike）的 slogan 讓人琅琅上口：Just do it. 很短但衝勁十足。連鎖龍頭沃爾瑪（Walmart）以前的 slogan：Always low prices. 後來常被人取笑，把 always 再說一遍，變成一種質疑：Always low prices.——always? 近幾年換成了 Save Money. Live Better.（錢也省了，人生也變好了）。蘋果的 slogan 只有兩個字，再 primer 也不過，叫作 Think different. 思路不同，另闢蹊徑。

短句不是不好，但多數短句的毛病是：「沒有動作」的動詞太多。I am a salesman. 這個句子並沒有任何不對之處，但在這個句子中，什麼事也沒有「發生」。

一段話如果大部分都用只有表示事實但沒有動作的動詞，誰都沒有耐心聽下去。改變你的結構，好英文自己會出現。怎麼改？一起來看幾個把訊息連起來的關鍵：

❶ 用 as

Mary is an engineer. She works for an on-line game company.

→ Mary works as an engineer for an on-line game company.

變成一句之後訊息有了層次感，表示當 engineer 沒那麼重要，在線上遊戲上班才是這句話的重點。

❷ 用 with

I have worked for this company for years. I think it's time for a career move.

→ With so many years working for this company, I think it's time for a career move.

用 with 帶出一個原因，真正的重點是「該換工作了」。

❸ 用子句

The man is making a phone call. He is my boss.

→ The man, who is making a phone call, is my boss.

那人正在打電話，他是我老闆。重點在「他是我老闆」。

❹ 用同位語

Our company produces oil and natural gas. The name of our company is S&H.

→ Our company, S&H, produces oil and natural gas.

公司和 S&H 其實是同一件事，用逗號隔開作同位語，訊息更簡潔有力了。

依賴短句表達，一時要換長句，需要一點習慣調整。假如你覺得調整不那麼簡單，可以從這句開始：As a <u>supervisor in the marketing communication department</u>, I focus on... 畫底線的字，可代換成你的職務和部門，這麼簡單，你就能跨出只用短句的第一步了。

來看動詞
怎麼當名詞用

猜猜看 for the use of 是什麼意思？
1. 供⋯⋯使用的　2. 為了使用

「我昨天和老闆談話談了很久。」這句話你怎麼說成英文？世界公民文化中心很多學生的答案都是：I talked with my boss very long yesterday.

講了之後，大家都覺得這句話怎麼聽都怪。怪在哪裡？不知所以然。英文的概念轉成中文，或中文轉英文，有時要經過一個「詞性轉換」。可以把名詞當動詞用，像 table a discussion、schedule an appointment，或 number、total、amount、rank、range 原來我們習慣當名詞的，如果用作動詞，就會讓英文句子有動態的感覺；而把動詞當名詞用，也會讓人有耳目一新的感覺。

「我昨天和老闆談話談了很久」，「談話」這個概念在中文裡是動詞，在英文成了名詞，講成了 I had a long conversation with my boss yesterday. 就順暢得多。

再舉一個例子吧！中文說：「這個停車場僅供員工使用。」中文對照過來容易說成：Only employees can use this parking lot. 這種說法不好，因為這裡的「使用」，並不是一種動作，員工並沒有「正在使用」，只是一種「狀態」。講成 This parking lot is for the use of employees only. 是不是好多了？

以下提供 7 組動詞轉名詞的例子，讓你的表達也出現這類說法吧！

❶ for the use of 供……使用的

This system is for the use of authorized users only.
（本系統僅提供經授權之使用者使用。）

❷ in support of 為了支持……、為了擁護……

They decided to stay in support of the new leadership.
（他們決定留下來支持新主管。）

❸ in search of 為了尋找……、為了尋求……

He went to the U.S. in search of better prospects.
（他為了尋找更好的前途到美國去。）

❹ for someone's benefit / for the benefit of 為了……的利益，為了幫助……

It is not his fault. He did it for your benefit.
（這不是他的過錯。他是為了你的利益才這樣做的。）

❺ for fear of 以免、以防

They did not mention it for fear of offending him.
（他們沒有提那件事，以免觸犯了他。）

❻ as a result 結果是

He judged his boss, and as a result wasn't given an important
position.

（他批評主管，這是他不受重用的原因。）

❼ in favor of 為了支持……、贊同……的

He spoke at the meeting in favor of the plan.

（他在會議上發言支持這個計畫。）

專業人士怎麼用英文表現「專業」？

哪一個是表示「維持現狀」？
1. status quo　2. de facto

有些老外講英文夾雜著一些拉丁詞，聽起來高深莫測，專業顧問、律師特別愛用。這倒也不是賣弄，就像我們講中文，道理講到深處，引經據典，出現文言文也很自然。

有些拉丁語在學術和法律上，已經徹底英語化，成了道地英語，像 agenda、alias。我們來看看商業人士英文裡常出現的拉丁語，恰當時機讓它出現在你的口語中，像是神來一筆！

❶ ad hoc

意思就是 for this，為了某一特定目的而訂定的（原來並不存在，常引申為臨時的、即興的）。

Problems were solved on an ad hoc basis.
（做了一些變通，問題便解決了。）
Points of policy are decided ad hoc.（政策的條款是臨時決定的。）

❷ de facto

實際上已經是，但名義上還不是的。

The prime minister is de facto president of the country.

（這位總理實際上就是這個國家的總統。）

❸ per annum

就是每年的意思。 美國人工作的 offer letter，載明你的年薪是多少，是用 $××× per annum，不說 yearly。

❹ per se

內在的、本質上的。英語自己有詞可以表達這個意思，比如：by itself、intrinsically。

The drug is not harmful per se, but is dangerous when taken with alcohol.（該藥本身並無害處，但與酒類同時服用則有危險。）

❺ pro rata

就是按比例的，proportionally。比如：你的月薪是 50,000 元，但是這個月你是月中才開始上班，你拿到的錢就是 pro rata, 25,000 元。

❻ quid pro quo

相對的補償。經典用法可以從電影《沉默的羔羊》（*The Silence of the Lambs*）一段台詞看出，安東尼·霍普金斯（Anthony Hopkins）演的殺人狂對探員茱蒂·佛斯特（Jodie Foster）說：If I help you, Clarice, it will be "turns" with us too. <u>Quid pro quo</u>. I tell you things, you tell me things. Not about this case, though. About yourself. <u>Quid pro quo</u>. Yes or no?（你告訴我妳的事，我告訴妳我的，誰也不吃虧。）

Please accept the use of our office as a quid pro quo for lending us your car.（請儘管使用我們的辦公空間，以作為借給我們汽車之酬謝。）

❼ status quo

目前狀態，維持現狀也用這個字。

You can choose hope over fear, unity over division, the promise of change over the power of the status quo.（你們可以選擇希望而非恐懼、選擇團結而非分裂、選擇變革的希望而非維持現狀。）

上班族
加分英文

發現上班族對話
常見的錯英文

你每發現英文裡有一個錯誤，就表示你的英文要進步了。每一個錯誤，都代表可能還有一大串同類型錯誤。上班族在工作場合中，經常使用的一些對話，或電子郵件往來，其實隱藏了許多你過去不曾發現的錯誤英文。

❶ short notice

The meeting will be on Monday. Are you available? I know it's pretty late notice.（會議會在週一舉行。你時間上可以嗎？我知道通知得很倉卒。）

→ The meeting will be on Monday. Are you available? I know it's pretty **short notice**.

short notice 很晚才通知，是一個慣用語。

❷ arranged for him

I've arranged him to attend the meeting.（我安排他去參加會議。）

→ I've **arranged for him** to attend the meeting.

arrange（安排）通常只接一個受詞，不用 arrange someone something。也可說成：I've arranged that he (should) attend the meeting.

③ It's no good

There's no good making your client angry.

（激怒你的客戶對你一點好處都沒有。）

→ **It's no good** making your client angry.

中文是說「沒有好處」，但是英文要用 it is no good + V-ing，表示做某件事情沒有好處、沒有意義。

④ an international company

I work for a foreigner's company.（我在外商工作。）

→ I work for **an international company**.

外商公司直接說 international company、global company 或 foreign company 即可，不要說成「外國人」公司。

⑤ are about / are

Sometimes my tasks are about the training tasks, and sometimes about marketing.（我的任務有時候是訓練，有時候是行銷。）

→ Sometimes my tasks **are training**, sometimes marketing.

這時候不需要用 about，因為你的 task ＝ training。當中間不是等號，例如：他們的工作和環境相關，你可以說 Their jobs are about environment.

常常被問到一個問題：我們非講那麼正確的英文不可嗎？講英文真的就不能犯錯嗎？答案既是又不是。

講英文時可能犯錯誤分成兩類。第一類是「印象式的錯誤」，即便使用的英文不正確，卻不會造成嚴重誤解。例如：把 he 用成 she，複數名詞忘了加 "s"，大部分時候，聽你講話的人可以自己判斷，不至於影響溝通內容。

第二類是「溝通性的錯誤」，這類錯誤嚴重會造成誤解，包括工作協調出錯、丟掉客戶、失去訂單、談判關係破裂。

有一個朋友到機場接機，眼看所有乘客都走光了，她還是沒有接到人。問題出在哪兒呢？她看到人就問 "Are you from Chicago?"

她要接的人是從芝加哥轉機飛來的，事後很久她才知道原來她問錯了—— "Are you from Chicago?" 是問「你是芝加哥人嗎？」被接機的那個人如果在華人社會裡待過，也許就會猜得出來吧！

其實，"Are you from Chicago?" 這句話真的錯得很離譜嗎？也未必，只差了一個字，正確的說法是："Are you coming from Chicago?"

以下一起來看幾個很容易犯的英語錯誤，不只是容易錯，而是錯了還經常不自知。

❶ cost reduction vs. cost down

想到降低成本，大部分的人會聯想到 "cost down"，所以就說 "Our company wants to cost down." 或者問 "how to cost down?"。老外都覺得很怪，因為他們認為這樣說文法不太通，但他們和老中溝通時，老中都覺得「怎麼可能不對？」

也許我們太常用 cost down 夾雜在中英文的表達裡，習慣而成自然，也不覺得它錯，甚至有一本中文書就叫《Cost Down，這樣做就對了！》。中文人口之多，勢力之大，也許將來積非成是，英文字典會接受 "to cost down" 也不一定，不過現在還是先學學正統的說法：

- 降低成本，英文可以用：reduce the cost 或是 keep the cost down。
- 如降低 30% 成本，就可說成 achieve a cost reduction of 30%.
- 例句：We've put out a cost-reduction challenge to all of our vendors.（我們已經對所有的廠商發布降低成本的要求。）

❷ personnel vs. personal

這兩個字都是從 person 變化來的，請注意它們的字尾拼法及重音。

- personnel 是「公司員工」或「人事部門」。All personnel of the company are eligible for the retirement plan.（公司員工都有資格參與退休計畫。）personnel 重音在字尾。
- personal 是形容詞，指「私人的」或是「親自的」。It's all a matter of personal taste.（這純屬個人興趣。）"personal" 的重音在第一音節。

❸ executive vs. execution

一位 "executive" 是指公司的主管。CEO（執行長）是 "Chief Executive Officer" 的縮寫，executive 的重音在 exEcutive，第二音節，而不在 "u"。和 executive 很像的一個字是 execution，執行或執行力。重音在 "U"，它的動詞是 "execute"，既是執行，也有處決的意思，把執行長講成 "execute"，有置人於死地的錯覺，不要用錯了。

❹ "I look forward to hearing from you."

這個片語通常使用在商業書信的結尾。有些人會寫成 "I look forward to hear from you." 這是錯的，因為 look forward to 的 to 是介系詞，後面一定要用 V-ing 動名詞形式。

- I look forward to our meeting.（我很期待我們的約會。）
- I look forward to meeting you.（很期待與你見面。）

其他和 look forward to 類似的用法是 be / get used to / get around to / object to。

- I'll get around to doing it.（我會找時間做。）
- I'll get around to it.（我會找時間看看。）
- I object to unpaid overtime work.（我反對加班沒有加班費。）

❺ headquarters 和 information

很多人自動會去掉 "headquarters" 的 "s"，又莫名其妙地幫 "information" 加上 "s"。headquarters 指的是總部：Microsoft's headquarters is located in Redmond, Washington. 總部這個字字尾

是 "s"，其後動詞可用單數，亦可用複數。去掉 "s" 就成了動詞 "to headquarter"（把總部設在……）

The European correspondent will headquarter in Paris.（歐洲通訊小組將總部設在巴黎。）

這句話也可以寫成：The European correspondent will make Paris her headquarters.

很多人也會在 information 字尾加上 "s"。大部分的人推斷如果需要很多資訊，他們就會改為複數，例如："The book contains many useful informations." 但資訊是不可數名詞。 這句話要改成 "The book contains much useful information."

5個英文關鍵字
幫你獲得面試機會

這 5 個履歷關鍵概念，英文怎麼說？

- 團隊精神
- 領導能力
- 說與寫的溝通能力
- 解決問題和決策的能力
- 聰明、熱情

找工作首要投遞履歷表，以下 5 大關鍵字是讓你獲得面試機會的關鍵字：

❶ team player 團隊精神

Starting out in your career, you'll want to work on a team; and you'll need to work on a team. The hiring manager is going to want to hear that. Tell them.

職業生涯正要展開，你想在團隊中工作；而且你需要在一個團隊中工作。負責徵才的經理希望聽你強調這一點，那麼就告訴他們。

❷ leadership 領導能力

At an entry-level, you're not being hired as a manager. But showing leadership also means showing independent thinking and the ability to take control of a situation, rather than always deferring to somebody else.

剛開始，你還不是主管。但是你要表現出領導能力，還要展現你具有獨立思考和能掌控局面的能力，你不會永遠聽別人的。

③ oral and written communications 說與寫的溝通能力

If you can't communicate, nobody knows what you're doing, or how good (or bad) you're doing.

如果你無法溝通，誰也不知道你在做什麼，或做得多麼好（或糟糕）。

④ problem-solving and decision-making 解決問題和決策的能力

Some of the keywords – showing the ability to get things done, regardless of the obstacles. You'll want these skills showing.

在履歷中寫出一些關鍵字，表明無論是否遇到障礙，你都能完成任務。你希望把這些技能都展現出來。

⑤ "bright" and "passionate" 聰明、熱情

A company that wants "bright" or "passionate" employees is hoping to tap into the energy of youth. You're perfect. Apply now.

想要找到「聰明」或「有熱情的」員工的公司，都希望能夠利用年輕人旺盛的精力。就是你了，現在就展開行動！

想加薪，得先用對字

英文裡有些字長得很像，像 rise / raise；adopt / adapt 等，不僅長得像，這些字連意義都很相似，變成很多人學習英文的魔咒。

解開魔咒的方式很簡單，就是一次徹底搞懂它們的差別。讀以下文章，把一些很容易搞混的單字都記起來吧！

❶ rise 和 raise

rise 和 raise 都有「升起」的意思，但 rise 是不及物，不需要加受詞，例如：The sun rises in the east.（太陽從東方升起。） 若有受詞，會在 rise 之後先加上介系詞，例如：The death toll rose to 10,000.（死亡人數上升至 1 萬人。）

raise 是及物動詞，後面一定要加上受詞，例如：She just raised the rent again.（她又提高房租了。） 此外，raise 也指「養育」、「舉起」或者是名詞的「加薪」，例如：You should ask your boss for a raise.（你應該跟你的老闆要求加薪。）

❷ adopt 和 adapt

adopt 是「採取」或「收養」，而 adapt 是「適應」或「改編」。 可從較常用的字去記這兩個單字，電影裡常聽到 adoption（收養），所以 adopt

一定也有類似意思，而「收養」與「接收」有關，所以 adopt 也是「採取」，例如：adopt the suggestion（接受建議）。

adapt to（適應……）很常使用，adapt 跟「適應」有關，而「適應」本身就是改變原狀以進入新的情境，所以「改編」也是 adapt。例如：You need to adapt to the new environment.（我必須適應新的環境）。

❸ Most, almost, mostly

most 是形容詞 much 和 many 的最高級，也是代名詞「大多數」或副詞的「最」，例如：Of the three girls, Jennifer is the most attractive.（這 3 個女孩中，Jennifer 最正。）most 是「最多」，所以 most 加上 ly 仍然與「多數」有關，mostly 就是「大多數地」。至於 almost「幾乎」，可以先給自己一個常用的句子，好比一句常在電影裡聽到的話：I almost got killed!（我剛剛差點被殺了！）記整句就不容易忘了。

❹ custom 和 costume

這兩個名詞最容易區別的方式就是讀音，custom（習俗）的 tom 發的是跟 o 類似的短音，costume（戲服）的 tume 則有類似 u 的發音。先記得念法，再去看拼法。此外，accustom（使習慣……）只是在 custom 之前加上 ac 這個表示「朝向」的字首，讓整個單字看起來像是「朝向某種習俗，表示使自己或某人習慣」。

感情用「字」犯大忌

在英文商業書信往來中，我們常因語言掌握不精確而「感情用字」。雖然沒有惡意，但其實不知不覺中已經傷了別人感情，甚至搞砸合作機會。

以下是職場上常犯的英文情緒用字，適時避掉它們，溝通才能更順利：

❶ you

很多的「you」可用「we」取代。在商業往來，特別是談判、意見相左的場合，盡量避免「You」開頭的句子。這會讓人覺得是遭指控，或是被瞧不起的那一方。

（×）You'll need to amend the contract before we sign.

（○）We'll need to amend the contract before we sign.

❷ feel

商業往來千萬別跟著「感覺」走。「feel」這個字，一來不夠說服力、沒有呈現任何事實；二來容易讓自己後續的思路都在「自己的感覺上」，忽略整個公司的最終利益。

（×）I don't feel this is acceptable.

（○）I find the series unacceptably homogeneous.

第二句語氣適中，也夠堅定，同時也指出事實，接下來的說法自然而然就會更有力。

❸ ridiculous

這個字很難，不知道為什麼是中文母語者的愛用字。即使狀況真的很誇張，說出這個形容詞並不會讓事情好轉，反而會讓雙方僵持在情緒中。若是言過其實，那更是不妥，只會顯得你不專業。就如同法國文豪維克多·雨果（Victor Hugo）說的："Strong and bitter words indicate a weak cause."（如果你要讓自己的話可信，記得拿掉那些太誇張的形容詞。）

> （×）It's ridiculous that no one is in charge of our project as of now.
>
> （○）As I understand it, there should be a project manager looking after our project. Could you explain what's going on?

❹ I'm terribly sorry...

道歉時不要太戲劇化。簡單，且一次就夠了。像 "I'm very, very, very sorry that..."，"This is the worst thing I've ever done..." 都是情緒過多的說法，會讓對方懷疑，你是真心的嗎？

❺ Sorry... but still...

很多人以為這是禮貌，其實只會加強反感，讓人覺得你是「亂道歉，急著要解釋」的人。這樣的表達一旦說不好，就成了 second insult（二次侮辱）：

> （×）I'm sorry, but I still think we should...

這聽在別人的耳裡就是：I'm sorry but I still think I'm right. I'm sorry 不是道歉，像是在攻擊前做的預備動作。

10個描述主管的形容詞

在外商工作，同事交談中都會夾雜著英文單字，有一次一位剛轉職到外商工作的工程師到世界公民文化中心時告訴我們，他最大的困擾是這些不時出現在中文裡的英文，開口問又覺得糗，馬上自曝其短。

以下是夾雜在中文當中，常用來形容人格特質或管理風格的英文，你來配對一下，看看同事裡哪一個人該用哪一個形容詞，多唸幾遍，下次同事間在討論的時候就不會再聽不懂了！

❶ high maintenance 難纏、難伺候

原來指保養維修的費用很高，這說法用在人身上，頗有想像力。當某人需要 high maintenance，就是指難伺候。常有人用這個來形容老闆、客戶；就連在男女朋友中間，如果要講對方有公主病、少爺病，有時候也會用這個字。

❷ tough 不屈不撓

個性堅決、不容易被動搖、吃苦耐勞，也可以進一步衍生為難以應付。

❸ demanding 苛求的、高要求的

形容這個人對別人的要求高於正常水準。a demanding job 是費力的工作；a demanding boss 是要求很高的老闆。這個字最常見的用法

是在講 supply and demand（供需），demand 是需求、要求的意思，demanding 加了 ing 就是不斷要求的意思。

❹ bossy 愛指揮他人的、跋扈的

形容這個人很喜歡擺出老闆的架子。

❺ dominating 控制的、支配的

形容這個人的權力欲望很多，喜歡控制別人。很接近的一個字是 controlling。

❻ control freak 有控制癖的人

形容這個人有控制一切的癖好，過度地控制人或活動。

❼ stern 嚴厲的、苛刻的

形容這個人是很嚴厲、令人害怕的。

❽ delegating 授權給部屬的人

delegate 可以是名詞，也可以當動詞，當名詞是代理人，當動詞是授權，懂得把任務交給其他人，像 "the ability to delegate" 分配任務給他人的能力。

❾ emotional 情緒化的

形容這個人 EQ 不高、比較情緒化。用 emotional 來指一個人的話，是說此人情感豐富，很容易感動，這個字藏著 motion（動）這個詞，本就有激動的意思。太煽情、多愁善感，英文裡有一個字叫 sentimental。形容人情緒變化很大，上一刻還很開心，下一刻卻會生氣或難過，用 temperamental 這個字。這個字裡藏著 temper（脾氣）這個字。

❿ solid 實在的

形容這個人是有內涵的，並非只有虛浮的表面。

當然，很多時候，不一定要用單字來形容一個人的行事作風，說一個人思想很正面不一定要用 positive，"She always sees the good side of things." 意思就是她很正面。

學會上述形容人格特質的單詞，下次若有人問你，公司裡的同事是什麼樣的人，你就可以用一兩個形容詞來表達；當然這些字也可以使用在面試的場合，若面試者問你，你的管理風格為何？你也可以挑一兩個詞語來描述自己。

SECTION 07

6個道地的辦公室專用片語

like or not，不管你欣賞或不欣賞，西方職場充滿了各種片語。他們不講「開始」一個專案，而用 get a project off the ground；不說「聯絡你」，而用 touch base。一起來看看幾個道地的美式說法。

❶ hands-off

hands-off，從字面上的意思就是（雙）手都離開，解釋成不插手、不干預也不干涉。

> Mike is a hands-off manager. He lets me do what I want as long as I meet my project goals.
> （麥克是不愛干涉的主管，讓我在完成專案時自由發揮。）

有 hands-off 就有 hands-on。hands-on 意思是「實際的、親身體驗的」（但是 on-hand 的意思是「可取得」）。

> Hands-on experience is not needed for the job.
> （這份工作不需要實際經驗。）

❷ touch base with

base 就是基地或基礎。to touch base 的意思就是把某一件事的情況告訴有關的人，這個片語源自美國的棒球運動，但是如今它已經成為一個常用的商業用語了，意思是「跟相關人員聯繫」。

You have a good credit record and I think we can okay the loan. But I do have to touch base with the head of our loan department for his okay. I'll try to phone you tomorrow.

（你的信用紀錄很好，我們應該可以同意這項貸款。但我還是得和總部貸款部主管聯繫。我明天會打電話給你。）

❸ carry the ball

這個片語意思是「負責或擔任主要任務」（to be responsible or to be in charge）。這句話是從球賽（ball game）而來，因為在許多球賽裡，最重要的人，就是當時拿到球的人。後來這句話引用到其他領域，凡是手中有球的人，就是任務的主要負責人。

We need someone who knows how to get the job done. Hey, Sally! Why don't you carry the ball for us? John can't carry the ball. He isn't organized enough.

（我們需要完成這項工作，莎莉，你來負責這件事吧。約翰沒辦法，他不夠有組織。）

❹ in the know

先私底下通知、特定知會某些對象的訊息。

Not too many people are in the know about this project.
（不是太多人知道這個專案。）

知道一些不為人知的秘密，也可以用 in the know。

He is in the know as far as the office affairs are concerned.

（辦公室發生的事，他都知道。）

⑤ word of mouth / by word of mouth

word of mouth 就是我們常說的「口碑」。by word of mouth 口頭上地或是指人們經由一傳十，十傳百的口傳方式得知某件事，也就是藉著口耳相傳，大家告訴大家的意思。

A：This restaurant is so small, but it's always crowded. How did you find out about it?

（那家餐廳很小，但總是客滿。你怎麼知道它的？）

B：I heard by word of mouth that they had great food.

（我聽說這裡的餐點不錯。）

⑥ Here you go. 與 There you go.

Here you go. 是指給別人東西時說：「這就是你要的。」有時也表示意見與對方一致，有時又與 There you go. 互用：

The cashier said, "Here you go!" when she gave me the change.

（當店員找我零錢時，她說：「這是找你的錢！」）

注意：差一個字，意思就不一樣，你說 Here you go again. 意思是「你又舊事重提了」。

Here he goes again, complaining about his boss.

（他又在埋怨他的老闆了。）

SECTION 08 外商最愛用的 8個英文字

有一位世界公民文化中心的學生問：「commitment」和「contribution」究竟有什麼不同？

有一則英國笑話回答了這個問題。有一隻雞和一頭豬一起旅行，走了很久都餓了。眼尖的雞看到了附近有一家餐館，到了門口，一看招牌，寫著「今日特價：火腿蛋三明治！」

> 豬叫了起來：「Hold it!」
>
> 雞問：「What's the matter?」
>
> 豬說：「你做了貢獻（contribution），而我卻得賣命（commitment）！」
>
> （All they want from you is a contribution. They are asking me for total commitment!）

你看出這英式幽默的笑點了嗎？雞生蛋，可以不停地生，起碼還活著，這叫 contribution；豬呢？做成了火腿，徹底犧牲，這叫 commitment。所以當你的老闆要你 commit 或給 commitment，想清楚一點！假如你只是想要 contribution。

今天我們來談談，外商企業最愛用的 8 個字。這 8 個字其實隱含了很實際的企業生存之道。

❶ performance 業績、表現

His performance this month has been less than satisfactory.

（他這個月的業績不是很令人滿意。）

❷ performance review 定期員工績效評估

Document research showed that employees with higher performance review have a lower turnover rate.

（研究顯示，績效評估較高的員工，離職率較低。）

❸ challenge 挑戰（也可當作譴責、批評、指責）

His poor performance gave rise to the challenge from his boss.

（他的表現不佳，遭到老闆的批評。）

❹ quota 員工的（1 年或半年的）業務責任

We are still a little shy of our quota.

（我們距離業務目標還差一點點。）

❺ follow-up 把某件事情繼續負責追究到底

The follow-up is often as important as the initial contact in gaining new clients.

（要爭取新客戶，後續追蹤和初期的聯繫一樣重要。）

⑥ product launch 新產品上市

Product launch is a wonderful opportunity to begin favorable new relationships with clients.

（新產品上市是與客戶建立良好關係的大好機會。）

⑦ initiative 自動自發

I don't think he has the initiative to start his own business.

（我覺得他不想自行創業。）

⑧ manage 設法做到、安排

I can't manage two weeks' holiday.

（我無法安排兩週休假。）

How did you manage to get their approval?

（你怎麼讓他們同意的？）

記住了嗎？用對英文，你就可以既有貢獻，又不必賣命了！

APPENDIX

2

有趣的
嚇人英文

❶ snake vs. snack

Do you want some snake?（你想要來點蛇嗎？）

Do you want some shave ice with snake?（你想要來點挫冰蛇嗎？）

之前在美國念書的時候，有一次在朋友家煮台灣的招牌 Boba Milk Tea（波霸奶茶），一旁的朋友就很熱心的跟所有的外國人介紹這是 the most famous "snake" back in Taiwan! 旁邊的人問他：What's the "snake" called? 他回答說：Boba。後面還進一步解釋說，這是台灣人最喜歡吃的東西，是我們研發出來引以為傲的食物，大部分的時候會加在 milk tea 裡面，咬起來 QQ 的，很好吃，也會放在 shave ice 裡面！是在台灣十分受歡迎的 "snake"！

整個誤會可大了，是 Snack not snake!!!

snake 和 snack 是台灣人常常搞錯的發音，講錯的時候可就囧了！

❷ dessert vs. desert

Let's go grab some desert!（我們去帶點沙漠吧！）

不會吧……你要去帶點沙漠？

dessert 和 desert 這兩個字不只長得像，在講的時候也時常有人會會錯意。

❸ 跟奶奶去吃飯

（×）Let's eat grandma!

（○）Let's eat, grandma!

這是一個十分經典嚇人的標點符號句子，在講的時候不太會有大問題，但是在寫的時候看起來可就嚇人了！網路上時常有網友會惡搞這個句子，並且加上醒目的標題 punctuation can save life!!

❹ 吃個燭光晚餐

（×）We are going to eat a candlelight dinner!

（○）We are going to have a candlelight dinner!

我們會去吃一頓燭光晚餐，在中文裡吃的直接翻譯跟想法就是 eat，但在這個句子裡說 eat a candlelight dinner 會感覺很恐怖，吃蠟燭嗎？have 才是正確的用法！

❺ 大家有問題嗎？

（×）Do you have a problem?

（○）Are there any questions?

有一次在美國聽完一場 presentation 後，在 Q&A 時間有人舉手發問，結果不知是講者的英文不好，還是之前發生過什麼事情，講者居然指著舉手的人說 Do you have a problem? 好像黑幫電影裡的人耍狠地說：「你有問題嗎？」

❻ smile、smell、small

The steak smiles really good!（smell）

I like your big smell!（smile）

這 3 個是在發音跟拼字上常常會讓人搞錯的字，曾經有學生跟我說 the steak smiles really good! 聽到時心裡的想法是……是在拍恐怖片嗎？牛排會笑耶！

❼ 中華隊加油！

（×）The Chinese Taipei team is ready to beat up the baseball game!

（○）The Chinese Taipei team is ready to beat out the baseball game!

我的天！中華隊打的應該不是暴力棒球吧！ beat up 是暴力毆打人家，beat out 才是把敵隊打敗。

❽ 在非洲最流行的疾病是什麼？

（×）What is the most popular disease in Africa?

（○）What is the most common disease in Africa?

疾病很受歡迎嗎？要用 common 才對。就像最多人有的名字，英文要用 most common name，而不是 most popular name。

❾ 他坐上計程車去公司了。

（×）He got on a taxi and went to the office.

（○）He got in a taxi and went to the office.

get on a taxi 有點像是坐在計程車的車頂，有點嚇人吧！搭交通工具，如果進入時要彎腰的，就用 in，像 get in a car；如果是抬頭挺胸，像飛機或火車就用 on an airplane / on a train。

⑩ 她一回家就開電視。

（×）She opened the TV as soon as she came home.
（○）She turned on the TV as soon as she came home.

打開電器用 turn on，例如：turn on the radio / turn on the computer；open 是像開門、開窗，真的有「開」的意象。

⑪ 傑米・奧利佛（Jamie Oliver）是很棒的廚師。

（×）Jamie Oliver is a great cooker.
（○）Jamie Oliver is a great cook.

煮東西用 cook，很多人理所當然認為廚師就是加 er，變成 cooker。cooker 是灶，cook 才是廚師。

⑫ 這個小男孩很喜歡糖果。

（×）This boy is very like candy.
（○）This boy likes candy very much.

非常喜歡，不自覺會說 very like / very enjoy。very 雖是副詞，但它只能修飾形容詞或副詞，像 very angry / work very hard。

13 因為交通擁擠，所以我遲到了！

（×）I am late because of the crowded traffic.

（○）I am late because of the heavy traffic.

人群擁擠用 crowded，交通擁擠用 heavy traffic，crowded 不能形容 traffic。

14 我想要出國念書。

（×）I would like to study aboard.

（○）I would like to study abroad.

aboard 和 abroad 看起來很接近，意思完全不同哦！aboard 是在飛機上或船上，所以登機證叫作 boarding pass / card。abroad 是在國外。

15 我弟弟正在讀大學。

（×）My brother is studying university.

（○）My brother is studying at university.

study university 這句的意思變成了「正在研究大學」，語意完全不同。是在大學裡唸書，要用 study at university。

16 我上數學課時很無聊。

（×）I was boring in math class.

（○）I was bored in math class.

boring 是無聊的，所以當你說 I'm boring，意思就是「我是個無聊的人」。如果你的意思是「我覺得無聊」，請說成 I'm bored。bored 是覺得無聊。

⓱ 我看到很多匹馬。

（×）I saw a lot of horse.

（○）I saw a lot of horses.

這句話 horse 沒有用複數，乍聽起來像 I saw a lot of whores.（whore 是妓女），語意完全不同。

⓲ 教授，我覺得你很正直。

（×）Professor, I think you are straight.

（○）Professor, I think you are honest.

你如果聽到有人告訴你，I am straight. 很多時候是指他的性別取向是異性戀（heterosexual）。講話很直用 straight forward，正直一般用 honest 即可。或者用 You're a man of integrity. 也可以。

⓳ 我太太發燒了。

（×）My wife is hot.

（○）My wife has a fever.

hot 經常用來形容火辣的美女，所以你這麼說的時候，別人會不知如何接話，只好開玩笑地說：So what?

⑳ 我是決策者。

（×）I am the decider.

（○）I am the decision maker.

這是喬治・布希（George Bush）鬧的笑話，decider 是他自創的新字。常有人取笑布希的英文破，他也曾把 internet 說成 internets。大概是覺得網路那麼多，當用複數。

㉑ 風太大。

（×）Wind is too large.

（○）Strong winds.

這是台北市政府在貓纜鬧的笑話。貓纜有時因強風停駛，電子看板把「風太大」直接翻譯成 Wind is too large. 現場的外國觀光客面面相覷，後來直接改成 Strong winds.

㉒ 可以借洗手間嗎？

（×）May I borrow your restroom?

（○）May I use your restroom?

borrow 是要還的，你 borrow 別人的洗手間，別人可能會開你玩笑：Sure, you can definitely use it, but please remember to return it. 借洗手間，用 use 即可。

23 請不要忘記你的私人物品。

　　（×）Don't forget to carry your thing.

　　（○）Don't forget your personal belongings.

如果原句被老外聽見會鬧笑話喔，your thing 經常是老外指性器官而不明言時的用語。

24 我可以看你的計畫書嗎？

　　（×）Can I see your proposal?

　　（○）May I see your proposal?

can 是指一種能力，這樣說等於是問：我的眼睛看不看得見你的計畫書？別人會想，我怎麼知道你眼睛看不看得見？

25 我會打電話給你。

　　（×）I'll call your telephone.

　　（○）I'll call your number. / I call you.

call your telephone 是打電話給你的電話。

26 你覺得我表現得怎麼樣？

　　（×）How do you feel about me?

　　（○）How do you think of me?

原句會讓人以為你對他有意思，「你對我是什麼感覺？」那就表錯情了。

㉗ 我會永遠記住你。

（×）I will remember you forever.

（○）I'll always remember you.

沒有人能活到 forever，用 always 比較不會那麼誇張。

㉘ 拿去吧！

（×）Take it.

（○）Here you are.

把東西遞給人用 Here you are. 不要直譯，用 take it 像是叫人忍受一件他不想承受的事。

㉙ 東西被偷了，請報警。

（×）If you are stolen, call the police.

（○）Report to police for any thievery or any claim of lost property.

東西才會被偷，人不被偷，改成文雅一點的說法。

㉚ 你的意思為何？

（×）What is your meaning?

（○）What do you mean?

這句話會變成「你的人生有何意義？」似乎對方沒有存在的必要，不禮貌。

31 我會休假一天。

（✗）I'm going to leave my job for a day.

（○）I'm taking a day off.

leave your job 在英文裡就是要辭職了。休假請用 take...day(s) off.

32 我生命中充滿了美麗的事物。

（✗）My life is full of beauties.

（○）I live a life of beauties.

full of beauty 變成了我生命中有好多美女，是完全不同的意思。

33 我正在遛狗。

（✗）I was walking with my dog.

（○）I was walking my dog.

是人牽著狗，不是和狗一起走路，要用 walk my dog.

34 我藉機和她講話。

（✗）I rely on the chance and talk to her.

（○）I seized the chance and went up to talk to her.

英文裡，機會不用依賴的，而是用緊緊抓住的。

戒掉爛英文1：60堂課換成老外英文腦（全新修訂版）

作者	世界公民文化中心
商周集團執行長	郭奕伶
視覺顧問	陳栩椿
商業周刊出版部	
總編輯	余幸娟
責任編輯	錢滿姿
特約編輯	蘇淑君
版型設計	劉麗雪
內文排版	邱介惠
出版發行	城邦文化事業股份有限公司 - 商業周刊
地址	104 台北市中山區民生東路二段 141 號 4 樓
	電話：（02）22505-6789　傳真：（02）22503-6399
讀者服務專線	（02）2510-8888
商周集團網站服務信箱	mailbox@bwnet.com.tw
劃撥帳號	50003033
戶名	英屬蓋曼群島商家庭傳媒股份有限公司城邦分公司
網站	www.businessweekly.com.tw
製版印刷	中原造像股份有限公司
總經銷	聯合發行股份有限公司　電話：（02）2917-8022
初版 1 刷	2013 年 1 月
修訂初版 1 刷	2018 年 1 月
修訂初版 4 刷	2023 年 8 月
定價	320 元
ISBN	978-986-7778-05-5（平裝）

國家圖書館出版品預行編目資料

戒掉爛英文 1：60 堂課換成老外英文腦／世界公民文化中心著 .-- 修訂
初版 -- 臺北市：城邦商業周刊 , 民 107.1
　　面；　公分

ISBN 978-986-7778-05-5(平裝)

1. 英語 2. 讀本

805.18　　　　　　　　　　　　　　　　　　　　　　106024939

藍學堂

學習・奇趣・輕鬆讀